放浪の作家
安藤盛と
「からゆきさん」

Sumio Aoki
青木澄夫——著

風媒社

はじめに

筆者の手許に『海賊王の懐に入る』、『南海の業火』、『安藤盛短編集』と、安藤盛の三冊の復刊された著作がある。安藤盛は「あんどうさかん」と読むが、時に「あんどうせい」と読ませたこともあり、号を静花と用いたこともあった、戦前に活躍した大衆作家で、この三冊は盛の甥である安藤日出男氏が、自費出版（復刊・編集）したものだ。いずれも近親者用に極めて少部数作成されたため、これら三冊は国会図書館には収蔵されていない。[1]

日出男氏が最初に復刊した盛の著作は、昭和七（一九三二）年に刊行された盛の処女作『海賊王の懐に入る』で、初版刊行後五十一年の時を経た昭和五十八（一九八三）年十月のことである。

安藤盛の妻ひさ（久）が、亡夫の作品が世間で忘れ去られて久しいことを憂い、「何とか一冊だけでも再び世に出して欲しい」と、盛の弟正の次男である日出男氏に懇願したことが出版の理由だったと言う。盛の死後、子供のいなかったひさは、東京大空襲の戦火の際にも守り通した、亡夫の著作を日出男氏に譲りその夢を託したのである。

日出男氏は、伯母の願いをかなえようと出版社に当たったが、盛の著作を受け入れてくれるところはみあたらず、やむなく自費出版で伯母の願いをかなえた。原本を解体して、写真製版による出版だった。

二冊目の復刊である『南海の業火』は、盛の最後の著作である。盛の著作の大半は、国会図書館に収蔵されているが、同書は発行部数が少なかったものか、同館の蔵書目録をはじめ、主要な図書館でも見当たらない。原著は昭和十四（一九三九）年に刊行されたが、日出男氏所有の書籍は痛みが激しく、複写に耐えられる状況にはなかった。そのため、日出男氏自らがワープロで打ち直し、平成十一（一九九九）年十一月に新たな書籍として刊行した。

三冊目の『安藤盛短編集』は、盛の書籍を復刊したものではなく、日出男氏が図書館をめぐって収集した、盛が少年向け月刊誌『少年倶楽部』に昭和五年から昭和十二年にかけて執筆した十篇を、短編集として平成十二年に取りまとめたものだ。

盛の著作再刊の夢を日出男氏に託したひさは、平成元（一九八九）年に八十三歳で亡くなっている。

三冊の復刊本は、日出男氏の執念により出版にこぎつけたものだが、各書のはしがきやあとがきには、日出男氏が伯父安藤盛の生涯を追跡した経緯が記され、親戚・知人を通じて集めた資料が、附録として収録されている。

日出男氏が、伯母から譲られた盛の著作は十冊だった。しかし、国会図書館などのデータによると版元を変えて出版したものもあり、昭和七（一九三二）年から十五（一九四〇）年までの九年間に、支那、南洋、海賊など、今ではなじみが薄く、必ずしも適切な表現とは認められないタイトルの左記十三冊を安藤盛は書き残している。

＊『海賊王の懐に入る』　先進社　昭和七年五月十八日
＊『祖国を招く人々』　先進社　昭和七年九月八日
＊『南十字星に禱る』　伊藤書房　昭和八年五月十五日
＊『南洋と裸人群』　岡倉書房　昭和八年十一月二日
＊『或る討伐隊員の手記』　言海書房　昭和十年十月二十日
＊『セレベス島女風景　南国の女を探訪する』　第百書房　昭和十一年六月十八日
＊『南洋記』　昭森社　昭和十一年八月十八日
＊『海賊の南支那』　昭森社　昭和十一年十月二十三日
＊『未開地』　岡倉書房　昭和十二年七月二十日
＊『支那のはらわた』　岡倉書房　昭和十二年九月八日
＊『南海の業火』　紫文閣　昭和十四年四月二十日
＊『南洋記』　興亜書院　昭和十四年六月二十日
＊『南洋の島々』　岡倉書房　昭和十五年八月五日

本書は、これらの書籍を残しながら、今や全く忘れ去られた、放浪の作家安藤盛の人生をたどりつつ、盛が海外で出会った「からゆきさん」の嘆きと望郷の声を、盛の作品を通じて再現しようと試みるものである。

放浪の作家安藤盛と「からゆきさん」
目次

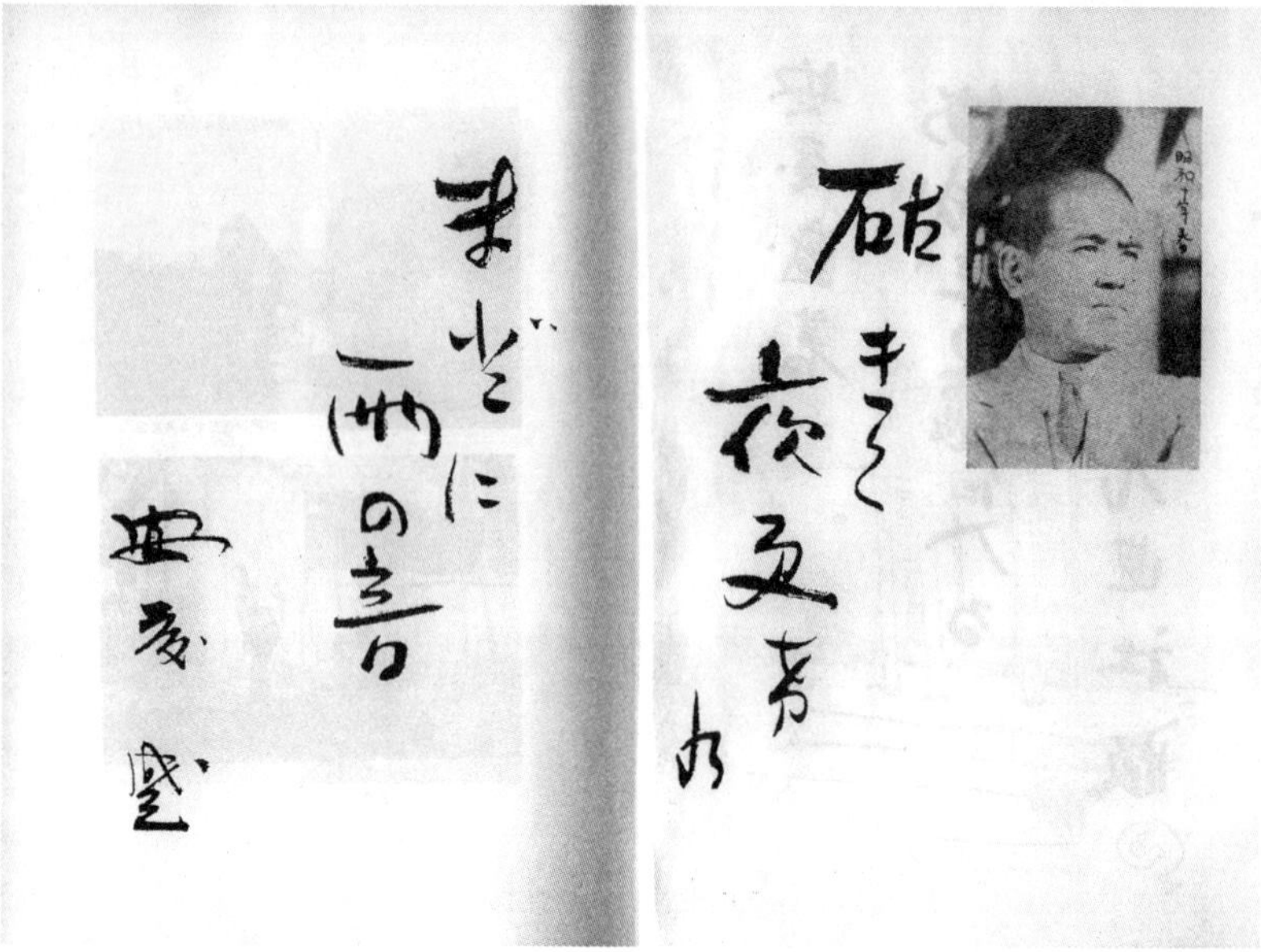

安藤盛の色紙「砧きく　夜更けの　まどに　雨の音」
（安藤日出男版『海賊王の懐に入る』に所収）

一、謎の放浪作家と甥の執念

十三冊の著作を残しているとはいうものの、安藤盛の人生については不明なことが多い。大正前半期から昭和前半期にかけて、樺太、シベリア、満州（現在の中国北部）、台湾、支那（中国）、フランス領インドシナ（ベトナム、ラオス、カンボジア）、シャム（タイ）、オランダ領東インド（インドネシア）、南洋群島（北マリアナ諸島・パラオ・マーシャル諸島・ミクロネシア連邦）などを放浪し、海賊の中に飛び込んでともに過ごした体験や、海外在住の日本人の暮らしぶり、それに現地の民族・風俗などを、旅行記や実話小説として発表した作家として、一時は文壇の中でも特異な存在として注目された時期もあったようだ。しかし、現在ではごく一部の人が、この破天荒だった放浪作家に関心を払っているに過ぎない。

SF作家で、戦前期に活躍した探検家や旅行者に関心を持っている横田順彌は、そのうちの一人である。横田は、盛の最後の著作『南海の業火』を、特異な海洋冒険科学小説の作品として紹介し、この謎の作家を追っている。しかし、戦前の旅行記や探検記に詳しく、幾多の知られざる冒険家や旅行家を発掘してきた横田にしても、盛については、「生没年不詳」と、匙を投げている。横田が作成した安藤盛著作リストの中には、秋月柳策という作者による『珊瑚礁の月』があり、これは盛の『南海の業火』の模作であることを、横田は指摘している。[2]

盛の作品を紹介したもう一人の人物が、南洋群島のサイパン島で生まれた山口洋兒である。山口は戦前に日本で刊行されたミクロネシア地域の書籍を収集し、労作『日本統治下ミクロネシア文献目録』[3]を刊行している。その目録には、盛の南洋地域の旅行記である『南洋と裸人群』、『南洋記』、『未開地』、『南洋の島々』の四冊が採りあげられた。

各書の解説の一部を紹介すると、

「紀行作家・安藤盛の一連の紀行文集。興味本位の取材も見られるが、あまり知られていない現地住民の生活について書かれていたり、日本人移民、役人、貿易会社社員の裏面史が記されていて興味深い。本書は一度発禁処分を受けているという。」(『南洋の裸人群』)

「南洋旅行作家・安藤盛の一連の旅行記、随筆集。五版以上、版が重ねられている。」(『南洋記』昭森社版)

「旅行作家の紀行文でパラオに関する記述がある。」(『未開地』)

「発行部数が少なく非常に入手しにくい文献である。実は同じ著者の『南洋と裸人群』の再版であるが、奇妙なことに奥付けには安藤久子著となっている。発禁書のリストに入っていたとのことで、その関係からかも知れない。」(『南洋の島々』)

とあり、膨大な資料を駆使した山口の研究成果の一端をうかがい知ることができる。

さらに、日本人の南洋についての関わりを研究した元京都大学教授矢野暢は、その著『「南進」の系譜』[4]と『日本の南洋史観』[5]の中で、南洋に関わった人物の一人として安藤盛の名前をあげた。

矢野は、『「南進」の系譜』で、南洋を旅行し紀行を残した作家として、島村抱月、永井荷風、徳富蘆花、尾崎一雄、石坂洋次郎、阿部知二、金子光晴、小田嶽夫を紹介した後に安藤盛の名前をあげ、作家の手記一覧には『南洋記』を並べた。

『日本の南洋史観』では、昭和初期(十年まで)に刊行された南洋関係の一般書籍は数えるほど少ないと述べた後、盛の『南洋と裸人群』をその数少ない書籍の一冊としてとりあげ、また戦前に南洋と関わった作家は、「安藤盛、石川達三、中島敦、中川與一などをあげることができる」と、安藤盛の名前を最初に登場させている。

矢野が指摘した作家のうち、盛以外の作家は、すべて後世に名を残した人々だったが、一人盛だけは人名辞典や文学事典などに掲載されることもなく、世の中に忘れ去られてしまっている。

盛を紹介した三人は、盛の南洋についての関心に焦点をあてた。今では南洋という言葉を聞くことは少なくなったが、戦前においては、東洋、西洋と対比される言葉として、現在の東南アジア、西太平洋地域を表す意味で使われた。

ちなみに、昭和七（一九三二）年に日本植民協会から刊行された『移民講座　南洋案内』[6]では、南洋地域として「ヒリツピン群島、ジャバ、英領マレー、スマトラ、ボルネオ、セレベス、ニウギネヤ、佛領印度支那、シャム」が含まれ、さらに裏南洋地域として、国連委任統治領として日本が支配していた、マリアナ、カロリン、マーシャル群島などから構成される西太平洋諸島が紹介されている。

筆者は、戦前の日本人の海外進出に関心があり、折に触れては古書店や古書展で日本人の旅行記などを収集しているが、安藤盛の著作もその対象のひとつだった。盛の上記十三冊のうち、八冊は筆者の手元にあるが、発行部数が少数なものもある上、山口が述べているように発禁処分を受けた書物もあったため、全著作の入手は極めて困難な状況にある。

著作から判明する盛の行動と活動の範囲は、アジア、西太平洋地域を中心に幅広く、昭和前半期における海外在住の日本人の生活状況を詳細に記述している点に特徴がある。とりわけ筆者が関心を持ったのは、東南アジアで売春行為を行っていた日本女性、いわゆるからゆきさんについての作品が多いことで、ほかの作家たちの作品にはみられない、彼女たちの生の声が採録されている点にある。

戦前期の南洋（東南アジア・西太平洋地域）旅行記に、「海外醜業婦」、「海外売笑婦」、「海外出稼ぎ婦」、「娘子軍」などの名前で描かれるからゆきさんが登場することは稀ではない。しかし、その多くは、彼女らの大半が拉致ないし騙されて海外に至った経緯を考慮することもなく、彼女たちの売春行為を頭から否定し、大日本帝国の恥さらしであるなどと突き放し、蔑んだ内容のものが多い。

これに対し盛の作品は、からゆきさんたちの生活に入り込み、彼女たちの苦しみと嘆き、そして祖国への恋情を代弁している点に特徴がある。

しかし、いくつかの著作を読んでも、横田と同様に盛の人生については断片的にしか分からず、

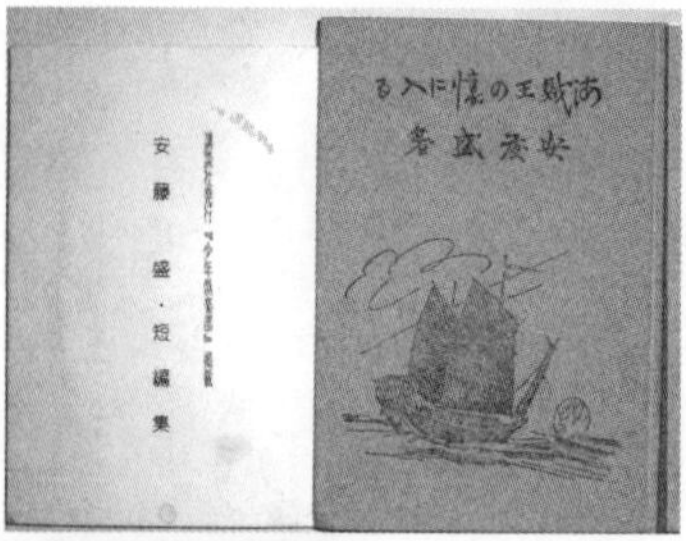

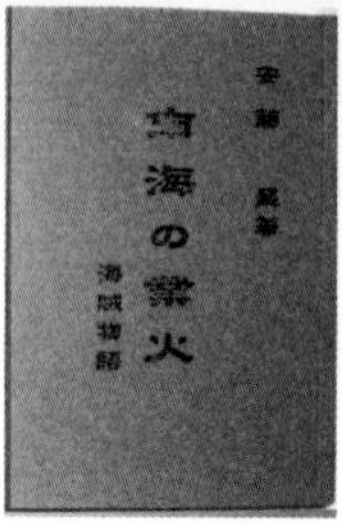

安藤日出男氏作成の3冊

自費出版の3冊の本を前にした、安藤盛の甥、安藤日出男氏

安藤盛がいかなる人物かについての手がかりはまったく得られなかった。

盛の調査をあきらめかけたとき、安藤日出男の名前で出版された三冊の書籍が、九州の古書店で販売されていることをインターネットで知った。早速入手してみると、そこには盛の復刊作品とともに甥日出男氏の執念とも言うべき盛追跡のストーリーが付記されていることを知ったのである。筆者が、安藤盛の人生を多少なりとも知りうることができたのは、日出男氏が刊行したこの三冊に出会ってからである。

安藤日出男氏は、現在神奈川県に在住されている。何回かの電話連絡、書簡の往復、インタビューなどで情報をいただき、盛関連の資料・写真・地図のコピーなども提供していただいた。自ら手がけた三冊の盛の書籍が、盛の故郷に近い九州の古本屋に流出したことに複雑な思いだったのは、日出男氏が近親者用に極く少部数に限定して作成した作品だったからだった。そのため、安藤盛についての問い合わせがあったのは、私が初めてだったといい、多少の戸惑いも見せられた。

日出男氏は、この三冊とは別に、十四頁の小冊子「亡き兄と弟へ　此の一編を御身等の霊前に捧ぐ」を作成している。ひさ夫人から渡された中に、ザラ紙に印刷されたものがあり、それを日出男氏が盛の没後五十周年を記念して作成し、昭和六十二（一九八七）年六月に近親者に配布したものだ。

昭和11年5月の安藤盛(安藤日出男氏提供)

「大正八（一九一九）年一月十日の夜編輯局にて」と後記されたその文書は、その前年の十一月に、盛の二歳年長の長兄茂が、当時世界的に大流行していた流行性感冒（スペイン風邪）により朝鮮で倒れ、その兄の看護に向かった次弟登とともに一週間をおかずに二人とも同地で亡くなったことを追悼するために書かれたものだ。内表紙には、昭和十一年五月麻布桜田町で、パプアニューギニア（現在のインドネシアのパプア州）から帰国したばかりの盛が、同地から持ち帰った民芸品をまえに撮影された写真が掲載され、日出男氏の調査によって判明した安藤盛の履歴が紹介されている。この履歴や、盛の著作、日出男氏の調査結果などにより、盛の人生がおぼろげながら浮かび上がってきた。

二、大分から台湾へ

安藤盛は、明治二十六（一八九三）年八月十八日、大分県直入郡白丹《しらに》村（現竹田市久住町）大字白丹一一六六番地ノ一に、父安藤常太郎、母クラの二男として誕生した。家業は農業や林業だったようだが詳しいことはわからない。姉二人、長兄茂、次弟登、それに五男の日出男氏の父正を含め、十一人兄弟の四番目のこどもだった。

少年時代のエピソードとしては、『日本少年』昭和十二年三月号で、盛のやんちゃぶりが紹介されている。なお、安藤盛にはるびが「あんどうせい」とふられている。

安藤盛先生は、子供の時、お父様が「坊さんにしたら乱暴しなくなるだらう」と、お寺に入れられたさうだが、やはり近所の子供を集めて餓鬼大将になってあばれまはるので、近所から苦情が出て困ったとは本当か、うそか。先生は今でもいがぐり頭でゐるが、「僕が坊さんになってゐたら、今頃大僧正になってるんだが」といって居られるそうだ。

地元の久住小学校を卒業後、大分県立農学校水産科に学んだ。当時の農学校は、中学校に進学したものの、二、三年やってから放り出されて、その後同校に入学したというような札付きの生徒が多く、寄宿舎の二階から小便をするような悪童もいた。ご他聞に洩れず盛もそうしたバンカラの一人だったが背は低く、入学試験も進級成績もびりと、学業面では全く振るわない生徒だった。

十五歳の時に、写生に行ったおり、焚き火が燃え広がってクヌギ林まで延焼したことがあった。火の勢いは強く、消すことができずに逃げ帰ったが、置き忘れた写生帳から足がついて警察沙汰となった。まじめな父が豆腐三丁と酒一升をもって、クヌギ林の持ち主に謝ってくれたので、ようやく事態はおさまった。

おとなしくて生真面目な兄とは違い、「お前にゃ、兄弟中で、誰よりも困らせられたぞ。」が、父の口癖だった。兄がいじめられたのを見て、仕返しするような正義感もあったが、町の人からは不良の烙印を押されていた。

農学校時代には、福岡の実業高校の教員をしていた兄茂を訪問したり、久住山に登ったりして活動的に過ごした。生まれてはじめて海を見たのは、久住山の頂からだった。近くの竹田からは、日露戦争で亡くなったロシア滞在五年の国際派、軍神広瀬武夫中佐が出ていたので、第二の広瀬中佐のようになって海外に雄飛することを夢見たこともあった。

在学中の成績は芳しくなく、卒業試験も不合格となった。心配した教師がもう一年在籍しろと言ってくれたが、「こんな学校にいても仕方がない」と、寄宿舎の壁に、「海賊になる」と落書きした後、樺太へ渡った。明治四十五（一九一二）年、十九歳のときだった。

両親や兄の茂は、放浪の旅に出た盛の行く末を案じていた。盛が樺太で何をしていたかは不詳だが、漁業関係の仕事に従事していたようだ。

その後、シベリア、中国を経て、大正二（一九一三）年頃に日本経由で台湾に渡った。そのころ弟の登は東京の学校に通っていたので、東京を経由して台湾に旅発つ盛を従弟の慎吾と上野駅で迎えてくれた。脚気を患っていた登は、帰省のために神戸まで盛に同行し、弟は紅丸で故郷大分へ、兄は故郷大分に立ち寄ることもなくアメリカ丸で台湾へと袂を分かった。これが弟登との最後の別れになろうとは盛は知る由もなかった。

朝鮮で働くために向かった兄茂が、台湾北部の新竹に立ち寄ったのは、大正六（一九一七）年のことだった。その兄に会うために新竹に出向いた盛が兄の姿を見たのもこれが最後となった。

大正七（一九一八）年十一月十六日、台湾に在住していた盛に、兄茂が朝鮮で亡くなったという電報が届いた。急遽帰国の途についた盛は、門司港で二つの白い布袋を抱いた四男の鎮にばったり出会った。まさか自分を迎えに来たのではといぶかった盛に、鎮は兄の死に続き、看病に赴いた次弟登も現地で感染して亡くなったことを伝えた。鎮は、兄二人の遺骨を受け取りに朝鮮まで赴いて帰国したところだった。

兄茂は、朝鮮の南原に役人として勤務していた。ところが、裡里に出張中に流行性感冒に感染し重篤となった。看病にと駆けつけた鎮と茂の友人の安倍は最後を看取ることができたが、その兄の遺骨を抱いた登が、大田駅の旅館で倒れたのは、それから五、六日たったときだった。連絡を受けた安倍が、ソウルから大田まで駆けつけてくれたが、すでに登の息は途絶えていたという。

兄弟二人の葬儀に参列した盛にとって、故郷白丹村への帰郷は、樺太への出奔以来、実に八年ぶりのことだった。

子ども二人を失った両親の嘆きは大きかった。とりわけ頼りにしていた長兄茂の外地での若き死は、両親を悲しみのどん底に落とし入れた。遺骨を迎えた父と母は、兄に向かって、「親不孝者」と叫んで、悲しさと悔しさをぶつけた。

両親の悲しみを面前にした盛は、「私は胸が張り裂ける様で御身二人の遺骨に有丈の怨を述べたかった」と、早世した兄弟への恨みを述べ、「職業柄死と言う事件に逢っても冷静に筆を執って来たが、今度と云う今度はもう言い表す事の出来ぬ悲しみを覚えた」と、父母の嘆きの深さを慮っている。

この兄弟の死去の頃だろうか、大正七、八年頃に大分の新聞社豊州新報に一時的に席を置いたこともあったという。

盛が、「亡き兄と弟へ」を執筆したのは、「大正八年一月十日の夜編輯局にて」であることは前述したが、編輯局という言葉から、盛が新聞か雑誌の編集に携わっていたことが窺われる。著作の中でも、台湾在住時代に新聞記者をしていたことや[7]、台湾中部にある新聞社の主筆から中国南部へ海賊調査に行くように命令を受けたとも書いている。[8]兄弟の死に際し、「職業柄死という事件にあっても冷静に筆を執って来た」というのも、新聞社勤務を裏付ける表現である。

盛は一時期、従軍記者として台湾のいわゆる「理蕃計画」にも参加していたようだ。

大正時代に台湾で発行されていた日本語新聞は、『台湾日日新報』、『台湾新聞』、『台南新報』の三紙が有力だったといい、それぞれ台北、台中、台南に本社を置いていた。[9]

盛は、台湾中部に位置する台湾屈指の都市台中市で、一九〇一年に創刊された『台湾新聞』にいつのころからか新聞記者として勤務していた。それは大正三、四年のころからだと思われる。

昭和十年に刊行した『或る討伐隊員の手記』は、盛が台湾を舞台にした数少ない小説だが、「蕃族」討伐のために活動する警察官が主人公だった。この蕃族討伐について、盛は昭和十二年に出版した『未開地』の中で次のように語っている。

「生蕃を帰順させる目的で、説得に行くのだ。どうだ行ってみないか?」

台中の警務課長の金子警視が私にすすめた。物好きなくせに度胸のない私だったが、つひ、ふらふらとその警察隊の尻へ食らひついて、大甲渓の上流を、蕃地と進んで行った。

三、忘れ去られた処女作『南支那と印度支那（みたままの記）』

台湾新聞社勤務時代に、海賊調査のために南支那に台湾新聞から派遣されたことを盛は各所で述べているが、その詳細については不明である。日出男氏の手もとには、盛が残した東南アジアの英文地図があり、そこには大正五年から昭和十一年までの足跡が赤線で引かれている。地図に示された旅行年は、大正五年、大正十年、昭和七年、昭和八年、昭和十一年で、赤線が交差しているため、各年の詳細な行程は判別し難い。そのうち大正五（一九一六）年と書かれた赤線は、香港から中国南部にかけてひかれているが、海賊の基地に近いアモイ周辺は香港の北部にあたるためこの地図に含まれていない。

ところで、台湾新聞社時代に安藤盛は、仏領印度支那（現在のベトナム、ラオス、カンボジア）にも旅行している。このことを紹介した人物が、立教大学元教授の後藤均平だった。

後藤は、『ベトナム救国抗争史―ベトナム・中国・日本』などを著した歴史学者だが、『彷書月刊』平成十（一九九八）年十一月号に、「戦前戦中、日本人の越南旅記二　安藤盛『南支那と印度支那（みたままの記）』を書いている。先に盛の著作は十三冊だと述べたが、実は大正十一（一九二二）年に刊行された、この『南支那と印度支那』が盛にとっての処女作だったのである。

後藤によれば、同書の刊行地は台湾台中市で、出版社は台湾新聞社とある。台湾での出版、しかも二十九歳の青年の著作である。少部数の発行であったことは想像に難くなく、事実同書は国会図書館はもとより、日本全国の都道府県立図書館や主要大学図書館にも収蔵されておらず、戦前期の南洋関連図書目録にも登場することはほとんどないほどの幻の書となっている。それゆえ、日出男氏が伯母ひさから委託された著作の中にも同書は含まれてはおらず、日出男氏もこの本の存在については ご存じなかった。

後藤が同書を読了しているのは、詳しい説明がなされていることから明らかであった。そのため、不躾とは思ったが後藤教授に本書をお持ちでないか、あったら借用したい旨を問い合わせた。しかし、後藤は上記エッセーが掲載される直前に亡くなられていたことを、令夫人から伺った。

これで手がかりはなくなったかと諦めかけたとき、国立台湾大学図書館のホームページに同書の書名を見つけた。しかも、この図書館には、盛著や盛編による東京の拓殖通信社から刊行された小冊子「台湾、南支、南洋パンフレット」（一九二六～二七年）が収蔵されていることがわかった。安藤盛の原点は、『南支那と印度支那』にあると確信した筆者は、同書を求めて台北に飛ぶことにした。

一月の台北は、薄いセーターでも汗ばむほどの温かさだった。タクシーで向かった台湾大学は、日本統治時代の昭和三（一九二八）年に設立された台北帝国大学を前身とし、市内に広大なキャンパスを有し、学生が自転車で通学する静かで落ち着いた雰囲気の学舎だった。正門から続く棕櫚の並木の奥まったところに、重厚な図書館が建っていた。この図書館は、パスポートを提示して申請すれば、外国人でも貴重な文献を利用できるほど開かれている。あらかじめ出発前にホームページで調べてあった『南支那と印度支那』は、図書館五階の東南アジア資料室にあった。ここには台湾関係の日本語書籍も整然と並べられ、研究者に開放されている。

『南支那と印度支那』は、貴重書扱いで閉架図書となっていた。司書にお願いして目の前に登場した同書は、表紙が破損したのか補修された小型本で、発行時の俤は表紙からはうかがえない。後藤は、『南支那と印度支那（みたままの記）』と、「みたままの記」と副題が付いていることを示唆しているが、表紙が補修されているため、この点は確認できなかった。10

『南支那と印度支那』は、大正十一年二月十一日に、台中州台中市明治町五三六にあった株式会社台湾新聞社から刊行された。本文は二百五十五ページ。印刷所は台湾新聞社で、発行所の記載はない。

序として寄せたのは、台湾総督府総務長官である賀来佐賀太郎、台湾総督府税関長の立川連、台中市長の川中安治郎など台湾統治の大物が顔を並べ、台湾新聞の主筆だった宮島眞之も筆を添えた。宮島によれば、盛は「昨秋飄然として南支、南洋に遊び」、旅先から記事を送ってきたという。その記事が台湾新聞に掲載されたのを取りまとめて同書にしたのだろうが、台湾新聞の記事については確認するだけの時間がなかった。11

安藤盛は静花の号を用いて、はしがきでこう述べた。

今回の旅行に依って得たる唯一の印象は、東洋に於ける一等国として覇を唱ふる日本帝国が、東洋の一角未開の白人殖民地にて支那人以下の待遇を受け、遙かに其の後塵を拝するに過ぎざる貧弱極まる現状と、日本人の海外に於ての団結心に乏しきと、外交の拙劣なる其三つであります。

唯一の旅の印象といいながら、若きジャーナリストが外遊を通じて痛感したのは、支那人以下の日本人の地位、日本人の団結心の不足、政府の外交力のなさ、と膨張する日本にとって、後手にまわる日本政府の外交政策に於ける三つの弱点だった。

大正十（一九二一）年十月六日、盛は台湾基隆から山下汽船の宝瑞丸に乗船し、翌日廈門《アモイ》、八日汕頭、そして九日香港に到着した。いずこの街も数年前に発生した排日運動は収まりつつあったが、日本人の勢力は以前に比べれば振るわない。十三日に仏領印度支那（以下、引用文以外ではフランス領インドシナと表記する。現在のベトナム、ラオス、カンボジアを指す）の海防《ハイフォン》に向けて出発。十四日海南島の海口に到着。ここには、薬店を開いている勝間田とその家族など約二十名の日本人が住んでいる。翌日向かった北海では、在住する日本人は中野薬房とフランス人の妾になっている女など少人数だった。十六日、鋸刃のような石炭岩礁を過ぎると、霞んで見える安南山脈を背景に、緑に果てしなく燃える東京《トンキン》平野が見えてきた。海防《ハイフォン》である。

フランス領インドシナでは、経済調査を主に行ったが、盛の関心は同地における日本人の経済活動とその待遇・地位にあり、とりわけ支那人の待遇・地位とを比較しながら調査した。政治がフランス人の手に握られているのはやむをえないことだが、経済がほとんど支那人に独占されているのは、どうしたことか。東京《トンキン》省だけでも、在住する支那人は二万二千人を数え、印刷、宝石、薬種などのほか、料理、製靴業など多種業務にわたって活動している。

一方、在留邦人は、東京《トンキン》にわずかに二百十七名。うち女性が百四十名で、とても太刀打ちできるような勢力ではない。支那人には許されても日本人には各種規制がかけられ、薬業や医師の開業すら許可されていない。支那人は土地を所有することは出来るが、日本人が土地を入手することは事実上不可能である。「仏領印度支那は日本人を目するに常に警戒を加へ、其行動に対し絶へず猜疑の眼を以て迎へている」状況だった。輸入関税も他国と比較して高めに設定され、日本商品にとっては不利な状況だ。盛はオンガイの炭鉱など、各地の産業を調査し旅を終えた。

この旅の期間がどの程度の長さだったかは不明だが、経済状況を調査するとともに日本人の動静に関心を払い、後のからゆきさんを題材にした文学作品を生みだす貴重な体験となった。盛のこの旅については、作品とともに後述する。

この『南支那と印度支那』が、日出男氏を驚かせたのは、「亡き兄と弟へ　此の一編を御身等の霊前に捧ぐ」が、同書の附録として十三ページにわたり併載されていることだった。伯母ひさが、日出男氏に渡したガリ版刷りの「亡き兄と弟へ　此の一編を御身等の霊前に捧ぐ」は、収録された同文の原型だったのである。

四、ジャーナリストから作家の道へ

フランス領インドシナに出かける前の大正十一（一九二二）年一月十九日、二十八才になった盛は、湯浅よねと結婚した。

大正十一年、『南支那と印度支那（みたままの記）』の出版後、盛は台湾新聞社を退社し、足かけ十年に及ぶ台湾生活に終止符をうった。退社の原因は後に判明するが、このころから盛は今後の身の振り方について考えていたと思われる節が見られる。

翌十二年四月から、東京に居を構えた盛は、東洋協会の機関誌『東洋』に「黎明期の台湾」を七回にわたり連載し、十三年十二月号には、隋の唐李淵を主人公にした伝説物語「晋陽宮」を発表した。

大正十四（一九二五）年、盛は安藤静花の号を用いて、月刊誌『植民』に「国境で別れた女」を二回に分けて執筆した。『植民』には、前年の八月号に中国を舞台にした時代小説「黒令旗」を掲載していた。

「国境で別れた女」は、旅を続ける主人公の松本がフランス領インドシナと中国の国境の町ラオカイで、日本人が経営するホテルで出会った日本の女と過ごした二日間をつづった短編小説である。

松本が国境の町で出会ったからゆきさんのお京は二十五歳。「そっと媚びを含んだ美しい瞳、その底の底には、多くの異人種の男に蹂躙されたと云ふやうな、穢れはみぢんにも見ることが出来ない、ある美しい純真な仄めきがあった。」

お京はこう言う。「私達を日本では、あばづれだの、悪魔、国恥と云つてゐますわねえ。けれども、それは自分から好きでこうしてゐるのではありませんのよ。」

そのお京が、ある人の墓参りをして欲しいと松本にせがんだ。

お京が案内したのは、朽ちて傾いた卒塔婆が立ち、青草に埋もれた土饅頭だった。そこにはお京の仲間だった真代が眠っていた。

「貴女の会いたがってゐた日本の御方をお連れ申してきたわ。」といいながら、お京は土饅頭の前にうずくまりながら草をむしり始めた。


「真代さん。何んとか一言仰言な。そう、うれしいの、うれしいの。」お京は地べたにぺったりと座り込んで涙の瞳を松本へ投げかけた。


松本は血を絞るようなお京の言葉を聞いて、激しいめまいを覚え、いきなり足を速めて走り出した。泣きたくなるような気分だった。「草葉にすだく虫の声も哀しい。守る人もない野末の廃れた墓へ、故国を恋ふて逝った未知の女のしのび泣きに似て、心は後に惹かれ、もう一度墓の方を振り返って見た。」

「国境で別れた女」は、盛がからゆきさんを取り上げた最初の作品のひとつと思われる。ここにはからゆきさんに対する盛の原点である、「からゆきさんは、日本国内の人々が言うような国辱的存在なのか」という疑問が提起されている。

この年十一月二十六日に父常太郎が亡くなった。兄茂の死によって長兄となった盛は安藤家の家督を相続することになった。

大正十五年、台湾新聞社時代の上司であり、台湾糖業研究会を主宰して雑誌『糖業』を編集していた宮川次郎とともに、東京に拓殖通信社を立ち上げた。社長が宮川次郎、主幹が安藤盛である。そして、盛を編集兼発行人として、小冊子「台湾、南支、南洋パンフレット」の刊行を開始した。記念すべき第一冊は、「台湾文化運動の現況」で、社長の宮川次郎が創刊の辞を書いた。

「母国に於ては黎明期にある台湾の真相を知ることが出来ない。まして更に遠隔の南支那南洋の事情に至ては全くお先真っ闇である。」ゆえに、このパンフレット刊行の目的は、台湾、南支那、南洋に関する情報量が少なく、しかも杜撰な内容のものが多い、この国内の現状を打破して、「自由の境地に立て母国の識者を啓発せしむる」ことにあった。刊行は月三回以内とし、普通会員は月一円の会費が必要だった。

国会図書館には、「台湾、南支、南洋パンフレット」第一号のほか、合計十冊が収蔵されているが、台湾大学図書館には、一号から最終号の九十九号までが、マイクロフィルム化されている。百号を前にして、このパンフレットは当局により廃刊を迫られている。

同年、拓殖通信社は、宮川次郎の『新台湾の人々』と『砂糖講話』の二冊を刊行した。『新台湾の人々』は、台湾に在住する官民日本人数百人を俎上に乗せて、宮川が辛口で寸評した人物評集で、五百頁を超える大冊だった。当時の台湾における人間関係を知る上で非常に興味深い書である。同書の発行人名は安藤盛だったが、二冊目の『砂糖講話』の発行人の名前は、本間幸雄に代わっていた。

盛は、台湾新聞時代に宮川次郎の部下だった。宮川次郎は、台湾新聞社に勤める前は台北の台湾日日新報に勤めていた。台湾新聞の松岡社長が、台湾日日新報に勤務した経験がある大野恭平を台湾新聞の主筆に招いたとき、宮川も理事兼台北支局長の待遇で同社に入社した。大野・宮川体制は販売拡大策をとり、五千部台だった台湾新聞の販売部数を、九千七百五十部にも伸ばしている。松岡は、活動的な二人に新聞をのっとられるのではと恐れ、東京から国民新聞の老記者宮島眞之を副社長に引っぱってきた。大野はこれに憤慨して辞職し、宮川も編輯長になったが、すぐに追われる身となった。その結果、大野・宮川時代の残党はほとんど追い払われたが、優柔不断な宮島の姿勢が社内に新たな対立関係をもたらしたという。

宮川が主宰した月刊誌『台湾実業界』は、昭和四年十一月号から三回にわたって、内紛が絶えなかったこの台湾新聞の内情を暴露した。

それによれば、宮島と反対派が対立するなかで、かつて宮川の部下だった園部緑と安藤盛だけは、巧みに宮島側についたのである。国民新聞から来た宮島とは、盛の『南支那と印度支那』に序文を書いてくれた人物である。盛にとってはなんといっても上司である。

記事はこう続ける。「安藤は、田上、渡邊同様、宮川の手で入社し、宮川に依って養成された記者であるが、早くも宮島に取り入った裏切り者であった。」

その後も、台湾新聞の内紛は続き、記事の筆はさらに盛に対して厳しさを増す。

所がその後泉、田上と安藤との間に問題が起こった。それは五月三十一日の夜、台中市内の村社と云ふ下駄屋の美人が、遺書を残して家出をしたのである。相手の男は教育課の社寺主任と判明したので、そのまま記事を提出した。

安藤は密に村社から頼まれて、真相を知って居り、記者連の活動を外に冷然として居たと云ふ事がわかった。その上提出された記事を間違ひだらけだと非難した。「ではなぜ真相を知って居り乍ら黙って居たのだ。第三者の様な態度で自己の新聞を攻撃するとは何んだ。」とやっつけた。

その挙句卑怯な弁明を続けた上、傍の泉に迄食ってかかったので、泉は拳骨で一撃を加へ、田上も同様擲ぐり飛ばすと云ふ大活劇を演じたので、安藤は直に辞表を出した。

本文の筆者は、疑いもなく宮川次郎本人である。台湾新聞に入社させ、手塩にかけて育てた盛が、自分の退社後とはいうものの、宮川を追い払う原因となった宮島の側に立ったのである。許せるはずはない。『新台湾の人々』で、台湾在住の日本人を辛らつに批評したように、盛に浴びせる言葉にも、容赦はなかった。

盛はこの台湾新聞の内紛により退社することになった。この退職の理由によるものか、盛は生涯台湾新聞時代のことに触れることはほとんどなく、そのため新聞記者をしていたことも、日出男氏をはじめとする遺族には確たる形では伝わっていなかった。

しかし、その後宮川の怒りが解けたのだろう。前述したように、台湾から帰国後、盛は宮川とともに拓殖通信社を東京に設立する。しかし、この二人の蜜月も長くは続かなかった。「台湾、南支、南洋パンフレット」の編集兼発行人は、いつしか盛から宮川次郎に代わり、パンフレットに記載された拓殖通信社の事業概要文から、主幹安藤盛の名前は大正十五年九月七日発行の第二十四号を最後に消えるのである。

　前述したように、盛は大正十三年に、中国民衆の間で広く伝えられてきた隋の皇帝継承問題を題材にとり、短編小説「晋陽宮」を『東洋』に発表している。この作品は、盛が公表した初期の小説のひとつと思われるが、この小説の末尾に、

> この物語は本当のことではない。（中略）私は、嘘と知ってこの伝説を書いた。それは支那人といふものを知ることの必要な点から―だから嘘だと云つても責めないことにして貰ひたい

と、随分弱気なことを述べている。未だ作品に自信がなかったのであろう。

　その翌年も、「国境で別れた女」や、『東洋』に明治四年に沖縄人五十名が台湾に漂着し、「生蕃」に殺害された事件をテーマにした小説「維新秘史四年の始末」を掲載した。

　そして、宮川と再び仲たがいとなる大正十五年、盛は短編小説と戯曲一編を発表した。文芸誌である『大衆文藝』に掲載された短編小説「あの人たち」と、『東洋』に掲載されたベトナムの革命家を描いた戯曲「迷へる民族」である。

「大衆」と名前がつくものの、白井喬二、平山蘆江、長谷川伸、直木三十三などが同人となって刊行した名のある月刊文芸誌『大衆文藝』に、盛の「あの人たち」は採用されたのである。盛はわが意を得たとばかりに得意になったに違いない。

「あの人たち」の掲載を契機に、盛はジャーナリストの身を捨てて、作家の道を歩くべく決意したのだろう。それが、台湾をはじめ南支那、南洋地域で発生する事件・事象を追究し、あくまでジャーナリズムの姿勢を貫こうとする宮川から離れるきっかけとなったのだ。

「あの人たち」は、台湾新聞時代のフランス領インドシナ旅行から題材をとった。海防《ハイフォン》を訪問した新聞記者Aが、領事館で開催される天長節（天皇誕生日）の式典に参加するために、ラオスなど

地方から集まってきたからゆきさんたちや、資格もないのに歯医者と偽って、中国雲南で支那人を治療していた男と出会った模様を描いたものである。この「あの人たち」は、平山蘆江の推薦で『大衆文藝』に掲載された。

日本にばかり居て日本の有難味を知らない人たちには判からないかも知れない。が、異国と日本との境で育った私は、通読してゐる中に云ひしれぬ哀愁をおぼえさせられた。全日本国民中、尤も日本國旗を慕はしがってゐる「あの人たち」の荒み切った生活の中から醗酵する至純な情味を、此の一編のどこやらに見出した時、私はこの一編を私一人の胸に納めておくことが出来なくなった。蘆江生

蘆江が盛を推薦したのは、世間では蔑まれているからゆきさんたちが、日本人であることの証として、何日もかけて遠路はるばる一年に一度領事館で開催される天長節に駆けつけ、天皇の長命と大日本帝国の繁栄を祈るという、いたいけな彼女たちの心情に打たれたからだった。

作家の道を歩もうと決めた盛に、平山蘆江という力強い味方が登場したのである。

初めて書いた戯曲、「迷へる民族」も、この後に発生する、盛の人生に最も大きな影響を与えることになった事件に深い関係をもつ作品になった。

五、久米正雄の盗作「安南の暁鐘」事件

安藤盛の名前が、『東京朝日新聞』の紙面を賑わしたのは、昭和二（一九二七）年一月二十一日付の朝刊だった。「久米氏力作と銘打つ「安南の暁鐘」苦情起る。あれは己が創作したのだと憤慨する青年作家」と大書された記事は、作家として名声を上げていた久米正雄の小説「安南の暁鐘」が、青年創作作家安藤盛の作品「黎明の鐘は鳴る」を盗作したものである、と伝えるものだった。

問題の作品、久米正雄の「安南の暁鐘」は、プラトン社刊行の月刊誌『女性』二月号に掲載された。プラトン社は、大阪の「クラブ洗粉」で知られた中山太陽堂が作った出版社で、斬新なデザインの表紙で飾られた『女性』、『苦楽』などを刊行し、大正・昭和のモダニズムを売り物としていた。[12] 昭和二年、プラトン社は、本社を大阪から東京に移し、新たな旅立ちを迎えていた。

問題の『女性』二月号は、前年の大正十五年十二月二十五日の大正天皇崩御直後に刊行された。そのため、グラビアでは在りし日の天皇や、天皇の死を悼む市民の姿を取り上げた。普通号とは異なり、当時としては極めて特別の意味を持った刊行だったと言える。

しかも、久米の「安南の暁鐘」は、グラビア特集と、天皇崩御と昭和改元を伝える告知文に続く巻頭作品として掲載され、プラトン社にとっては、まさに意気込んでの自信作だった。

『東京朝日新聞』は、盛の立場に立って記事を構成した。掲載された作品は、盛がその三年前に雑誌への掲載を依頼して、久米に託した「黎明の鐘は鳴る」であり、冒頭の二行と最後尾の三行以外は全て、盛の創作であると訴えた。

「安南の暁鐘」は、『女性』の二頁から二十四頁に掲載された。その後に、西条八十「戯曲　犬」、久保田万太郎「戯曲　大寺学校」が掲載され、さ

東京朝日新聞
昭和二年一月二十一日

久米氏力作と銘打つ『安南の暁鐘』苦情起る

あれは己れが創作したのだと　憤慨する青年作家

青年作家安藤氏

原稿料

使ってくれと提供した材料

少しもやましい所は無いと　久米正雄氏は語る

場合によれば刑事問題でも

創作的良心が疑はれると　意氣込む安藤氏

プラドン社は傍観

當事者語る

古賀水兵死體發見

兵曹に進級

井上氏は一應拒絕

體協の會長

久米正雄の盗作事件を伝える、『東京朝日新聞』(昭和2年1月21日付)

らに徳田秋声の「売り買ひ」、北原白秋「白秋詞華集」、牧逸馬「吉祥天の像」などが続く。

問題の「安南の暁鐘」は、以下のように始まる。ちなみに最初の四行は久米が加筆した文章で、続くのは筆者によるあらすじ紹介である。

私の中学時代の友達で、東洋協会を出ると直ぐ某社の通信員になって、南満、インド、ネシア等を漂白して歩いてゐたAが、或日突然訪ねて来て、こんな話を初めた。

「私」は、三年ほど前にF国の属国となった国の、東洋の小パリといわれている町にいた。外国語学校を出てすぐにこの地に来て以来、滞在五年になるという南洋放浪気質のしみこんだ久野の案内で美術院を訪問した夜、久野は「私」にこの地の親日派であり革命党員でもある志士に会わないかと提案した。この植民地で、「石塊のやうに地べたにころがってゐる土人の中に、そんな気の利いた国や民族を思ふ人間のある筈はない」と、思っていた「私」は、即座に会うことに決めた。

ホテルを出発するのは、明朝午前一時だといい、憲兵の目をくらますために、狩猟の格好をしていくことにした。

私は好奇な期待と、かすかな不安から来る戦きとを感じて、心は明滅してゐた。私の周囲に時々現れる不快な眼―それは私がいが栗頭なるが故に―は、あまりに皮肉な滑稽を覚えて苦笑も洩れたが、其の警潜の網を潜って志士に会見することは、むざむざと危険圏内に踏み入って行く冒険に違ひなかった。

「私」は知らずと旅券をポケットに押し込み、久野と一緒に熱帯夜半の清清しい風の中を車で走った。車中で久野は、志士の名前がナムシーであると明かし、「命を的に働く男です。無智な自覚の無い土人には珍しい青年で、新しい教育を受けただけに、悩みが一倍強く感じるのです。」と語った。最近までビルマに亡命していたが、故郷に帰り潜行しているのだという。

市街から三マイルほど離れたところで車は停車し、ひとりの男を乗せた。これがナムシーとの出会いだった。さらに五マイル行った森の中の一軒家で車は止まった。ここは、王家の血を引き、植民地政府で働いているが、実は革命党員であるラルダンの別邸だった。

彼らとの会話は、フランス語で行われ、久野が通訳してくれた。

沈黙が続いた後、ナムシーは、「我々は何時まででも屈服してゐることは出来ないンだ、けれども笛吹けども彼らは踊らず…ああ、ほんとうにどうしたらいいかわからないンです。」と口火を切った。「神によって民族は救はれない。民族を救ふものは、民族それ自身の力より偉大なものはありません。」「私」の言葉に、ラルダンは唇を震わせながら、国民が今の生活を甘受し、彼らの志を理解しないと訴える。

ナムシーは、三年前にビルマに亡命したが、帰国しても国の状況はまったく変化していなかった。彼の父は貴族の末裔で、ナムシーの反植民地活動を憚って政府に追随していた。兄は白人の妻を娶り、政府側に立って名前も洋風に変えていた。ナムシーにとって、父や兄の行動は「同胞を裏切った罪悪の表象」だった。

しかし、肉親の情から、主義主張の違いはあっても、一目親にだけは会いたい。三年前にナムシーは、父がガバナーから勲章を授与されるために、ガバナーの住む町の高級ホテルに宿泊していることを知って、ホテルに忍び込んだ。

ようやく会えた兄は、即座に立ち去るように命令した。「幸福を破壊する悪魔はお前だ。」「兄さん、私は同胞のために貴郎を呪ひます。」兄弟は、お互いの主張をぶつけあう。「貴様は余程の馬鹿だ。白人に征服されてゐると憤慨してゐることは、それは我々にとって正当な考へではあらうが、どうすることも出来ない現実だ。」「それは兄さん、あまりに個人的な幸福感に過ぎない。」父親が叙勲されたことは、一家にとって光栄なことかもしれないが、「民族としては裏切者」だ。

父はガバナーに招待されていてまだ帰ってきていなかったが、兄は直に立ち去れという。「お父様は今喜びの絶頂にあるんだ。」泣いているナムシーに、兄は妻の母国F国の富と軍事力を語り、「お前の抱いてゐることは幻影にすぎない。」と、たたみかける。

ガバナーのもとから帰って来た父は、ナムシーの姿を見て愕然とし、色をなしながらも、彼の肩に手をかけ「その乞食のような姿をさらけ出して、私を苦しめやうとするのか、この親不孝者」と言い放ち、退去するように言う。「私のしていることは絶対的な信仰」で、「同胞のために美しい華麗な自由の殿堂を築く道程にあるだけです」と反論するナムシーに、靴の音、佩剣の響、自動車の音が聞こえた。

脱兎のように植え込みの中に逃げ込んだ息子の姿を追いながら、父はぼろぼろと涙を流した。あれ以来ナムシーは父と会っていない。身辺には幾多の銃口が突きつけられ、本名すら名乗ることのできない状態が今も続いている。ナムシーも仮の名前だった。

突然ナムシーは、ムッシュ松本の墓を参詣したかと聞いた。ナムシーとラルダンは日本人松本に感謝しているといい、久野が説明してくれた。

松本はシャムの国境で武器を人々（土人）に貸

与することを計画中していたが発覚し、F国の領地に逃れた。そこでも虐げられている民族を見て悲憤し、王族の墓地に隠しておいた秘密文書をもとに、かの地の人々の信仰を利用して、事を挙げようとした。しかし計画は発覚し、港町の日本人経営のホテルで入浴中に、憲兵に包囲された。本人は逮捕を自覚していたのか、獄中二日目に腹を切って自害した。「その人の墓です。もしあれが、今三四ヶ月発覚しなかったら、此の殖民地に回転動地の事件が勃発して、少なくとも私達同胞に強い印象を與へてくれたでせうに。」と、ラルダンとナムシーは口をそろえて言った。[13]

しゃべりつかれた日本人二人に、二階の寝室に案内しようというラルダンを遮って、部屋の隅においてあった大きな安楽椅子に「四人が抱き合って寝ませうよ。」と、私は提案した。

夜は明け始め、カーテンをあけた「私」の胸の底には、勇ましい黎明の鐘を鳴らす男の姿がかっきりと焼き付けたように現れた。

黎明の鐘は鳴る。つづけさまに、―けれどもその鐘の音に、醒めようとする者は何処にも見出せなかった、ただ鐘のみが鳴っている。

ごーん。

ごーん。

大地の涯に消えて行く。新しい太陽は登って、歴史の頁が一枚めくられるのだ―陰惨な、哀しい―まだ鐘は鳴ってゐるやうだ。……（ここで盛の文章は終わり、次の久米の加筆で作品は終わる。）

Aの話の終わったのは、夜を徹してすでに暁方だった。興奮の中にそんな結論をつけた彼の顔は、まだ消えぬ伝統の光との交錯で、妙に寒々と輝いて居た。時計が六時を打った。私は其時間に鳴る事になってゐる、此処の、程遠からぬH寺の鐘の音を対照的に待った。が、鐘の音はどうしたものか聞こえてこなかった。

F国とはフランスを、その属国安南とは現在のベトナムを指し、小パリと称されたのはハノイかと想像されるが、ハイフォンなどその他の地の情景を合わせた架空の町である。

盛は、台湾新聞勤務時代にフランス領インドシナを旅行した際に、ハイフォンで一人の裕福で親日家の安南人ナムシーと出会い、その思い出を『南支那と印度支那』の中で「ナムシー君と私」と著した。その概要は次の通りである。

フランス領インドシナを旅行したあと再び海防《ハイフォン》に戻り、この地で二、三の富豪といわれる安南人ナムシー君の別荘に招待された。夜も開けやらぬ午前三時、東京《トンキン》平野をドウソン半島に向かって車で走り、海水浴場から三里ほどヤシ林や竹林を抜けたところに別荘があった。同行者は小鳥を撃ちに出かけたが、一人で残りマダム・ナムシーの案内でヤシ林や農園を歩き回る。一時間半ほど散歩をして別荘に戻ると、巨大な体型のナムシー君が帰宅していて、両手をあげて私にとびかからんばかりの勢いで近づき、硬く硬く盛の手を握った。ポケットから彼が差し出した紙片は、日本領事館の天長節夜会の招待状だった。

通訳を介したナムシー君は、「自分は日本人が好きだ。我々とは祖先が同じく、また其の国も近いからどうあっても親交を結びたいが、それは吾々安南人だけで、仏蘭西《フランス》人にとっては甚だ悪感を以て見られる。次第によれば自分たちが日本人と往復して危難を招かぬとも限られない。」と、ぜひ日本に渡航したいが、それは到底至難なことでフランス政府が認めないだろうと残念がった。

盛は、ナムシー君と硬い握手をして別れたが、「馬車馬にも劣る土人」と安南人を評した盛に、フランス人に蹂躙される、「不幸な人民」を考えさせる機会を与えた人物がナムシーだった。

盛は、ナムシーのことがよほど印象に残ったのか、「黎明の鐘は鳴る」の中で描いた、ベトナム民族独立闘争についての見解で対立する、ナムシーと父・兄の姿を、先に述べた一幕二場の戯曲「迷へる民族」としても発表していた。

こうした事実にもとづき、盛は憤慨して久米に抗議したが、久米は意外にも激しく反論した。「安藤君がどうしてそんな事をいふのか自分にはわからぬ」、この原稿は、盛が「いい材料をあげますから、どうか如何やうにでもお使ひ下さい」といって提供してくれたものだと強弁したのだ。

盛はプラトン社に自ら出かけ、原稿が自分のものであることを確認した。しかし、原稿料をすでに久米に支払っていたプラトン社は、「原稿用紙も又内容・筆跡も安藤氏の書いたもの」とは認めたものの、これは久米と盛の問題であると、傍観者の立場を採り、問題解決には当たらなかった。

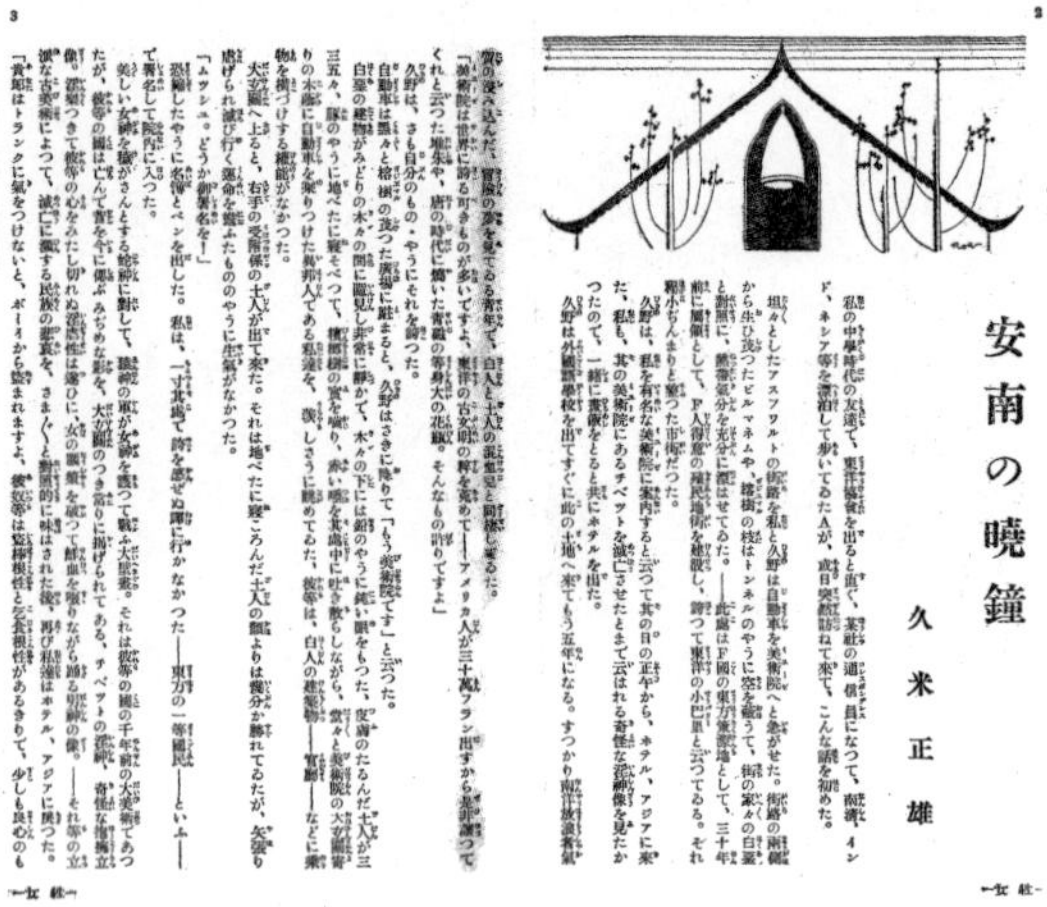
2

安南の暁鐘

久米正雄

私の中學時代の友達で、東洋協會を出ると直ぐ、某社の通信員になつて、南洋、インド、ネシア等を漂泊して歩いてゐたAが、或日突然訪ねて來て、こんな話を初めた。

坦々としたアスファルトの街路を私と久野は自動車を美術院へと急がせた。街路の兩側から生ひ茂つたビルマネムや、棕櫚の枝はトンネルのやうに空を蔽うて、街の家々の白堊と對照に、熱帶氣分を充分に漂はせてゐた。――此處はF國の東方植民地として、三十年前に屬領として、F人得意の植民地術を雄殺し、誇つて東洋の小巴里と云つてゐる。それ程小ぢんまりと纏つた市街だつた。

久野は、私を有名な美術院に案内すると云つて其の日の正午から、ホテル、アジアに來た。私も、其の美術院にあるチベットを滅亡させたとまで云はれる奇怪な淫神像を見たかつたので、一緒に晝飯をとると共にホテルを出た。

久野は外國語學校を出てすぐに此の土地へ來てもう五年になる。すつかり南洋放浪者氣

—女 性—

質の浸み込んだ、冒險の夢を見てゐる青年で、白人と土人の混血兒と同棲して居た。

「美術院は世界に誇る可きものが多いですよ、東洋の古文明の粹を蒐めて――アメリカ人が三十萬フラン出すから是非讓つてくれと云つた壁畫や、唐の時代に傭いた青銅の等身大の花瓶。そんなもの許りですよ」

久野は、さも自分のもの・やうにそれを誇つた。

自動車は黑々と榕樹の茂つた廣場に駐まると、久野はさきに降りて「もう美術院です」と云つた。

白堊の建物がみどりの木々の間に隠見し非常に靜かで、木々の下には鉛のやうに鈍い眼をもつた、皮膚のたるんだ土人が三三五々、豚のやうに地べたに寢そべつて、檳榔樹の實を噛り、赤い唾を其處中に吐き散らしながら、堂々と美術院の大玄關寄りの木蔭に自動車を乘りつけた異邦人である私達を、羨しさうに眺めてゐた。彼等は、白人の建築物――官廳――などに乘物を横づけする權能がなかつた。

大玄關へ上ると、右手の受附係の土人が出て來た。それは地べたに寢ころんだ土人の顔よりは幾分か締れてゐたが、矢張り虐げられ滅び行く運命を擔ふたもののやうに生氣がなかつた。

「ムッシュ。どうか御署名を!」

恐縮したやうに名簿とペンを出した。私は、一寸其處で誇を感ぜぬ譯に行かなかつた――東方の一等國民――といふ――で署名して院內に入つた。

美しい女神を犯がさんとする蛇神に對して、猿神の軍が女神を護つて戰ふ大彫刻。それは彼等の國の千年前の大美術であつたが、彼等の國は亡んで誰を今に偲ぶみぢめな影を、大玄關のつき當りに掲げられてある。チベットの淫神、奇怪な惟摘立像。淫慾つきて彼等の心をみたし切れぬ淫虐性は遂ひに、女の腿頰を破つて鮮血を啜りながら踊る男神の像。――それ等の立派な古美術によつて、滅亡に瀕する民族の悲哀を、さまざまと對照的に味はされた後、再び私達はホテル、アジアに戻つた。

「貴郎はトランクに氣をつけないと、ボーイから盗まれますよ。彼奴等は盗掠根性と乞食根性があるきりで、少しも良心のも

安南の暁鐘(久米正雄)

3

—女 性—

久米正雄の「安南の暁鐘」

久米正雄は、盛よりわずか二歳だけ年長ながら、夏目漱石の門人であり、芥川龍之介や菊池寛とともに第四次『新思潮』を創刊して、すでに文壇では名声を確立していた。その名声を頼りに、盛は自分の書いた原稿を久米に持ち込み、雑誌への掲載を依頼したのだ。

『東京朝日新聞』は、久米自身が盛の作品「老大佐」、「熱血をめぐる人々」を手許に預かっていることを認め、さらに盛は前年に「濱町河岸」も送ったはずだ、と述べていることも報じている。盛によれば、二人の関係はそれほど親密なものではなく、玄関先で原稿を渡す程度の関係であったといい、久米が雑誌に紹介してくれたことはこれまでに一度もなかった。

四月二十一日付の週刊『文藝時報』は、「「安南の暁鐘」の新原作者現はれ安藤君の不徳を罵る」と題する記事を掲載した。記事は、「安南の暁鐘」には別の原作者、安南国のチン某がいて、そのチンは、

久米某も不道徳な奴だが、さも原作者らし

い顔をして威張り散らす安藤といふ男は一層不道徳極まる男である。なんとなればあの問題の『安南の暁鐘』といふ創作は実は俺が自国語で書いたものであって、原作者顔をする安藤はそれを日本語に翻訳しただけのものだ。

と、憤っていると報じた。

記事の筆者は、事の真偽は詳らかではないがとしながらも、「わが文壇最初の国際的事件」になるのではないかと、盛の行為に疑問を投げかけた。久米も悪いが、盛こそが他人の作品を勝手に翻訳して、自らの小説と主張しているのではないか、というのだ。

翌々週の五月十二日号『文藝時報』は、盛の友人の平山盧江が「『安南の暁鐘』に就て」と題した反論を寄せ、安藤盛とは六、七年来の交友があるが、他人の作品を横取りするような人物ではなく、自分たちの雑誌『大衆文藝』誌に平山自身が紹介して作品を掲載したほどだと、盛を弁護した。

盛も「抗議」と題する文を寄せた。チン某とはいかなる人物で、何語で書いたのか。久米作と言われる「安南の暁鐘」は、大正十年の旅行で得た材料を基にして書いたもので、自分にとっての処女作である。チン某なる人物に会ったこともないし、その原作なども見たこともない。

君は一たい、何国の人であるか。それもこの際知り得て置きたいと思ふのだ。そして、正々堂々と君の原作なるものを、私が久米氏のように、まるきり盗んだのか、それとも翻訳したのかを明示して貰ひたい。

盛の「抗議」は、『文藝時報』八面の半分近くを占めるほど大きく扱われたが、無名作家だった安藤盛の発言をまともに取り上げてくれる文芸雑誌は、ほかにはほとんどなかった。[14]

この盗作事件は、後述するように当時の文芸雑誌を賑わし、一時は大変な騒動になったという。しかし、久米は大作家への階段を昇りつつある作家であり、背後には『文藝春秋』を興した菊池寛がついていた。そのうえプラトン社には、菊池が買っていた直木三十五が、同社のもうひとつの雑

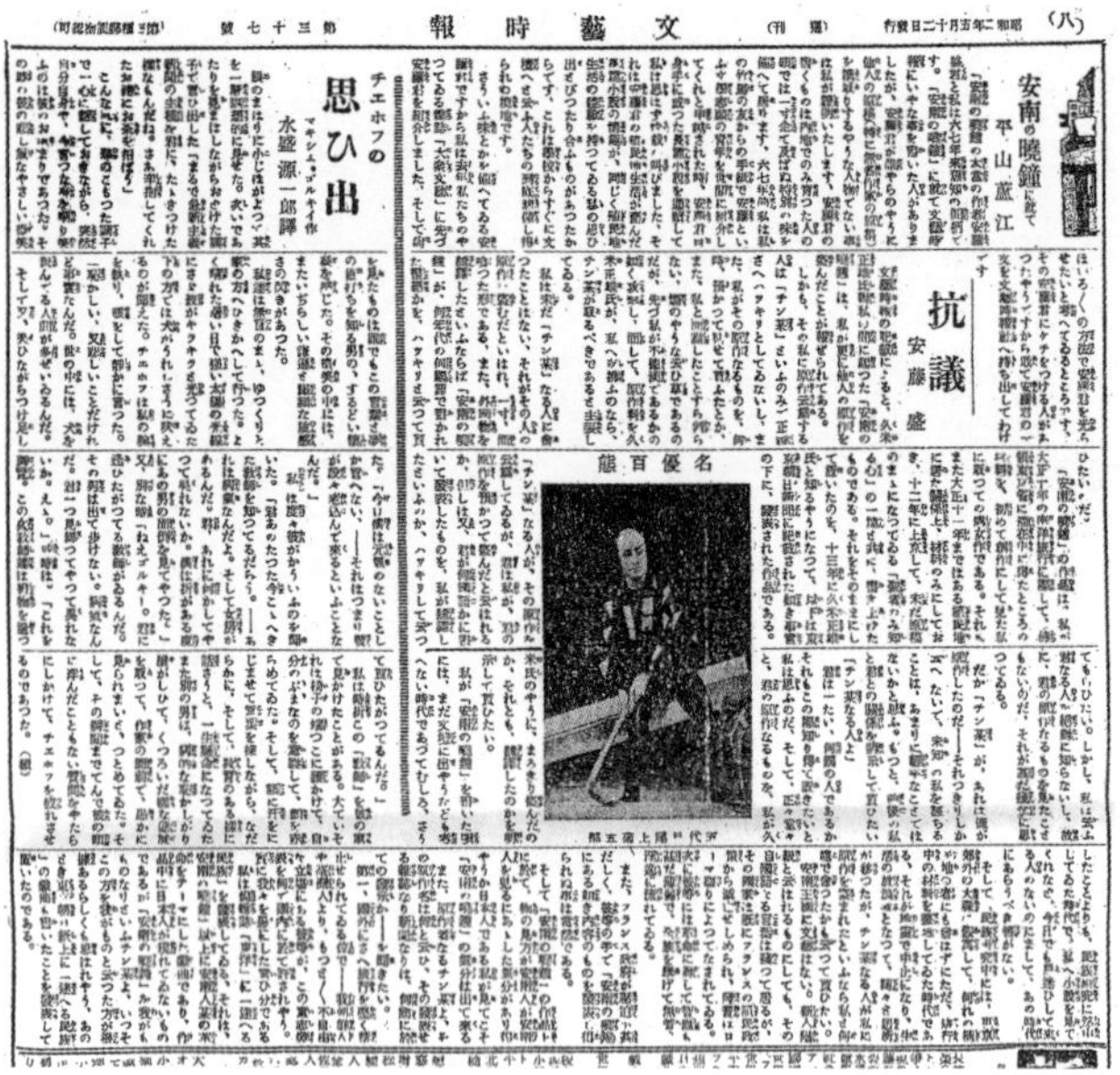
文藝時報

安南の暁鐘に就て　平山蘆江

抗議　安藤盛

名優百態

チエホフの思ひ出　マキシム・ゴルキイ作　永盛源一郎譯

『文藝時報』（昭和2年5月10日付）に掲載された平山蘆江の「安南の暁鐘に就て」と安藤盛の「抗議」

誌『苦楽』に関連していた。

作家村松梢風は、昭和二十八（一九五三）年に刊行した『現代作家伝』[15]の久米正雄の項で、この事件を取り上げている。村松によれば、朝日の記事を書いたのは、盛の憤りに共鳴した朝日の社会部長鈴木文史朗で、久米に筆誅を加えることが目的だったという。しかし、どうしたことか、盛は久米の懐柔策にあい、そのまま泣き寝入りとなって、問題は村松もわからないまま、うやむやの状況で終結へと向かってしまった。

真相は不明のまま、この事件は闇に葬られたが、その全貌を後に明らかにしたのが、『女性』とともにプラントン社の看板雑誌だった『苦楽』の元編集長西口紫溟だった。西口は、昭和三十八（一九六三）年に出版した『地球が冷えたらどうしよう』[16]で、この事件の顛末を紹介した。同書は、私家版として刊行されたのか、国会図書館にも収蔵されていないので、少し長いが全文を紹介しよう

私の友人に安藤盛という作家がいた。雅号を静花と称した。私の新聞記者時代の同僚であるが、彼が――「私のラバさん酋長の娘、色

は黒いが南洋じゃ美人」―というあの一世を風靡した「酋長の娘」の歌を作ってからは、一躍有名となった男である。それまでは殆どが体験を主とした随筆ばかりであったが、南洋諸島やシャムやビルマなどの奥地を巡遊しているだけにその材料は豊富で、私の『苦楽』でもしばしば原稿を買ってやり、予ねて私は彼の生活を助けつつあった。

その安藤が、或る朝、案内も乞わず蒼白な顔をして私のテーブルの前に現れた。見るとテーブルの一端を握っている彼の手が震えている。

「どうしたのだ?」

と私が彼の顔を見上げながら聞くと

「この小説の原稿を見てくれないか」

と言うのである。彼が手にしているのは、私の社で昨日発行したばかりの雑誌『女性』で、小説と言うのは、久米正雄の「安南の暁鐘」であった。

『これがどうしたのだ。何かワケがあるのか―?』

私がそういうと、安藤は一きわかん高い声で

「これ僕の小説だよ。三年前、鎌倉の久米の家へ行き、読んでくれるようおいてきた原稿なんだ」

私はまさかとは思ったが、雅胤に頼み、女性編集部の高瀬からその原稿をさがし出して貰った。

そして、雅胤が持って来た久米の原稿というのは、安藤に見せるまでもなく、それは見覚えのある正しく安藤の原稿に間違いはなかった。

私は早速中山社長にこのことを報告したのだが、社長の顔が俄かに曇った。

「久米さん、どうしたんだろう?拙いことをやったもんだねェ」

社長がソッと『女性』の古川を呼んで事の次第を話した上で、この原稿がどういう順序で古川に渡されたかを尋ねるのであった。

古川が答えたところによると、『女性』の今月号に久米さんの小説を約束したが送ってく

れないので鎌倉に催促に行くと、頼んだ原稿は出来ていなかったが、「古いのでよければあるが、どうだろう?」と言いながら、押入れの一隅に在ったほこりまみれの一綴りの原稿を取り出して来た。そういえばその時、久米さんは原稿の一番上の紙を一枚破って、そして傍らの原稿用紙に「安南の暁鐘」と題を書き、久米正雄と書いてくれたと言うのであった。

久米は突嗟の間に題名を考えることもせず、安藤の題をそのままつけて古川に渡したものらしい。私が会計簿を見てみると一枚十円、五十八枚五百八十円が古川の受取人ですでに支払われていた。

「うちとしてもこんなみっともないことはないし、困ったね、西口君の友人というのが救いだが、君、何とか骨を折ってくれないか? 五百円くらいで——」

社長の真剣な眼が私をとらえている。

「お金はとにかく、あいツの興奮をさました上でやってみましょう」

私はそう答えて、雅胤と安藤と三人で応接室に入り、彼の落ち着くのを待った。

「このことをもう誰かに話したのかい?」

「うん、新居格さんにだけ相談した」

「不幸にして僕がこの会社にいるのだから、これは一つ僕に委せてくれんか? 悪いようにはせぬ、新聞の方もうちの社長が口止めすると言っているし、こらえて欲しいんだ。プラトン社の信用問題にもかかわることなのでねェ」

私の傍らで雅胤も一生懸命嘆願した。その甲斐あって

「よし、仕方がない、君に負けた。ただ新居さんの方は君の方で運動しないと僕としては今さら取り消せぬからな」

結局安藤は忍ぶ可からざるところを忍んでくれたのである。

新聞社の方は社長の頼みが功を奏し、このことに一行も触れなかったが、朝日新聞だけは遂に止めることが出来なかった。

翌日の朝日新聞には「文壇の腐敗、「女性」の久米盗作、〝安南の暁鐘〟は無名作家の作品

を盗用せるもの」と題し、久米正雄に対する完膚なきまでの筆誅が加えられてあった。

かつての名作「破船」の作者も、このあとがあって以来、自らも余り表面に出なくなった。当然彼の名も列なるべき幾つかの小説集の中にないのも、或いはそうしたいきさつが患いしたのかも知れない。

これは、私のプラトン社在社中における世に知られていない、しかも私達極く少数のものだけがその真相を知っているという文壇裏面の事件である。

西口がこの盗作事件に困惑するのには理由があった。西口は大正七年に『台湾新聞』に入社し、盛とはかつての同僚記者として旧知の間柄であった。その上、盛と同じ九州出身者だった。

短歌や戯曲を巧みにこなした西口は、台湾帰国後に、『門司新聞』編集長などを経て、大正十五（一九二五）年にプラトン社に入社し、昭和元年に『苦楽』の編集長になっていた。このとき、盛は三十四歳、久米は三十六歳、そして西口はまだ三十一歳の若さである。

三十六年前のこの事件についての西口の記憶は、きわめて鮮明のように見える。しかし、時間の経過は西口の記憶をあいまいなものにしていた。盛の作だという流行り歌「酋長の娘」は、石田一松の作詞作曲であり、盛が作ったのは、藤山一郎が歌った「常夏の島」と、勝太郎の「カナカの娘」だった。こうした点からみても、時代を経た西口の言葉を全面的に信用するわけにはいかないが、原稿料の詳細など、その場にいたものでしかわからない状況が、詳細に説明されている。

なお、西口は、盛の持ち込んだ原稿を『苦楽』が買い上げたことがあると書いているが、この点については確認できていない。

一方、盛がこの盗作事件を相談したとされるただ一人の人物、新居格は盗作事件直後に発行された『新潮』三月号（昭和二年）の創作合評会でこの問題に触れた。この合評会には藤森成吉など八人の評者が参加している。

僕はかふいふ所で言ってもいいかどうか疑

問だが、いや僕は果敢に言はふと思ふのですが、あの発生理由はかうなんです。あの男―安藤といふ男が、或る朝僕の家へ涙を真っ赤にしてやって来たんだね。「朝っぱらからどうしたね」と聴くと、非常に興奮してゐるらしく、「こんな公開状を書いたのです。プラトン社の社長が自分に任せてくれといふので、お任せしたいのですが、ただ一人相談したい人があると云って来たのです。」といふことであった。

僕は久米君を全然知らないわけでもないし、だから、安藤に「だが公開状は成るべく和かに、久米君の芸術的良心だけを疑ふといふ位に書いてくれ給へ」といふことだけ注意をした。そして「朝日」へ連れて行って彼の公開状を文芸欄の一隅に発表してやってくれと言った。そうすると「朝日」では、「外ではしらないのだらう」といふから、「無論知らない、ただこれだけを学芸欄の隅へやってくれ」と言って頼んだのです。

所が「朝日」の社会部が活動してああいふことになったのです。で、僕もさうなるといやな気がしたが、―安藤という男は決して嘘を言ふ男ぢゃないといふこと丈は保證が出来るんだ。

西口の記憶によれば、盛はプラトン社の西口に苦情を言う前に、この事件について話を新居に持ちかけていた。しかし、新居はプラトン社との社長と何らかの合意があった後、盛は新居に相談を持ちかけたと述べている。新居の発言は事件後一月も経っていない時期であり、こちらのほうが事実と思われるが、久米の知り合いでもある新居は、事件を穏便に済まそうと思った。しかし、朝日は、文芸部ではなく社会部が暴走してしまったのだという。

合評会では、久米を擁護するものはいなかった。「芸術を尊重すると称する彼らが、芸術を冒涜している」「事実調べをして天下に公表しなければならぬと思ふ」と、評者の一人、青野季吉も、久米の態度を強く非難した。

盗作事件について、プラトン社長の中山社長は、金で解決するように西口に指示した。そのため、西口の文からは盛が慰謝料とも思われる金を受領し、この問題は決着したかのように思われる。果たして、盛は金と引き替えに、泣き寝入りしたのか。

しかし、評者の一人金子洋文が、「金銭の授受をしての、代作までは認めるが、預かった原稿を勝手に自分の名前にして使って、原稿料は懐にしてしまふといふのは詐欺だよ」の言葉を受けて、加藤一夫が「原稿料は別けて貰はないのか」と聴いたのに対し、新居は「(盛は)断じて貰はないといふのだ」と、盛の毅然たる態度を証言している。

事件直後刊行された『文藝公論』三月号の無記名評壇は、この事件を久米の剽窃だとしながらも、作品の出来栄えについては、「言葉を費やすべき作品ではない」と評価した。一方久米の作品としてみれば、「万年大学生」の久米の駄作に比べたら数等上等であると、久米作品の質の低下を突いている。

しかし、四月号になると態度は一変する。無名の評者は、『現代文藝』三月号の座談会を参照しながら、盛が久米の会見要求を無視しながら、自ら鎌倉の自宅を訪問し、「何もかも忘れるつもりで来た」といったことに憤る。今になって忘れられるものなら、何故新聞社に行く前に久米のもとに行かなかったのか?久米の戯作者気質は憐れむべきだが、盛の売名的行為はさらに憐れむべきものだ、と切り捨てた。さらに原稿には盛の署名もなく、材料として提供したことは事実らしいのである、と盛に非があるとの立場で論評した。

盛が、久米の自宅を訪問した理由は今となってはわからない。しかし、原稿に盛の署名がなかったのは、西口の回顧録からも明らかである。久米が「黎明の鐘は鳴る」の原稿の第一頁を破り捨て、新たに「安南の暁鐘」と題名を書き加えた用紙に差し替えたからである。

時代は下って、昭和四十八(一九七三)年、『別冊新評』Spring号は「裸の文壇史」と題し、巻頭に評論家有沢廉三の「日本文壇盗作ノート・全記録」を採りあげた。「敢えて、世に問う〝日本文学盗作事件〟の実情!」と、やや扇情的なサブタイトルを付したこの評論で、最初に紹介されたのが、「大家と無名作家の関係」と題した、久米正雄「安南の晩鐘」(暁鐘が晩鐘と誤記されている）盗作事件だった。

有沢は事件の概要に触れた後、当時の文壇の状況に触れ、菊池寛に遠慮してこの問題に触れたがらない作家・評論家たちの中で、水上瀧太郎だけが、「久米正雄の押しの強さ」と「尻をまくった」態度に批判を加えたことを紹介している。

水上は、「（原稿横領事件の）久米氏の所業に対して何らかの制裁があってもよいと思うものである。芸術の尊厳を保ち、芸術家の良心を高むる為には、久米正雄氏を永久に文壇から失うとも敢えて悔やまない。」とまで言い切った。その一方、制作力が落ちたとはいえ、久米がこのような文章を書くはずはなく、「安藤氏は将来偉くなる人かもしれないが、この小説は未熟者の作品である。」と手厳しかった。[17]

『文藝春秋』の記者だった大草実と、講談社『少年倶楽部』編集者だった萱原宏一も、この盗作事件を、昭和五十（一九七五）年に開催された文学座談会の中で取り上げている。[18] 大草は、久米の盗作を「めちゃくちゃな話」とし、「これくらいひどい代作はないでしょう」とあきれているが、大作家の作品剽窃事件は、事件後五十年近くたっても、当時の出版人や編集者に鮮烈な印象を残していた。

しかし、久米の年譜や主要な日本文学年表は、この盗作事件を完全に封印した。一九七一年に久松潜一他が編集した『現代日本文学大年表　昭和篇一』は、昭和二年の代表作として久米正雄「安南の暁鐘」を紹介した。昭和五十二（一九七七）年に刊行された日本近代文学館が編集した『日本近代文学大事典』の年表には、久米正雄「安南の暁鐘」は掲載されなかったが、「近代出版側面史」の昭和二年の項で、「「女性」（プラトン社刊）二月号は、久米正雄の「安南の暁鐘」が若い作家の作品に少し加筆したものであると、問題になる。」と、記述されているだけである。

しかし、安藤盛の名前は、全六巻にも及ぶ『日本近代文学大事典』のどこにも掲載されることはなかった。久米正雄は、昭和五年に『久米正雄全集』十三巻を刊行し（もちろん「安南の暁鐘」は収録されていない）、その後、久米が文壇の重鎮として世間の評判をえたのは周知の事実である。

六、盗作事件の余波と『騒人』時代

久米正雄盗作事件は、その後思いがけない方向へと転換した。「無名青年作家」である盛の作品をどこの雑誌も掲載してくれなくなったのだ。盛は台湾から帰国後、台湾での経験を生かして、自らが関わった拓殖通信社（東京）が発行していた「台湾・南支・南洋パンフレット」に執筆し、東洋協会から刊行されていた『東洋』に小説などを掲載していた。しかし、作家としての舞台である文芸雑誌への掲載はほとんどなく、それが故に久米に一流雑誌への掲載を依頼したのだった。しかし、盗作騒ぎでその道が完全に断たれてしまった。

村松梢風はその事情を、「事の善悪よりも友情を重んじた」、文壇の重鎮菊池寛が久米を徹底的に擁護したからだと語っている。そして、菊池が各雑誌ににらみを聞かせた結果、雑誌編集者は菊池、久米一派に対する遠慮から、盛の原稿をボイコットするようになってしまったのだという。

こうした状況に一番驚いたのは、朝日新聞の鈴木文史朗だった。久米に鉄槌をおろすつもりが、逆に盛の作家人生を殺すことになってしまったからだ。鈴木は、文芸読物雑誌『騒人』を編集していた村松梢風に盛を紹介し、盛を何とかしてほしいと泣きついた。村松は、盗作事件に関心はなかったが、鈴木とは懇意の間柄であり、また海外を舞台にした盛の小説に面白さを見出して、盛の作品を『騒人』に掲載することを約束した。

村松自身、上海などを舞台にした小説を書いていたうえ、一九二三年に発生した大逆事件の主犯者朴烈の処分に関する司法のあり方について、菊池に公開質問状を出すなど、菊池とは対立関係にあった。

この菊池と村松の対立関係を、村松の子である教育評論家の村松喬は、村松梢風のエッセー集『女経』[19]の解説の中で次のように紹介している。

ある日のこと、売れっ子作家の菊池が、村松に出版社の春陽堂を紹介しようと約束した。心待ちにしていた村松だったが、春陽堂からは何の連絡もなかった。その後、菊池から、「どうなったか」と聞かれた村松は、ありのままを伝えた。菊池は、「それは悪かった」と言いながら、百円を懐から取り出して村松に差し出したが、村松はこれを受け取らなかった。そして、

この小さなことが、菊池と梢風の関係を決定的なものにした。その後菊池は文壇の大御所という存在になり、「文藝春秋」一派でないと作家ではないという時代が来るが、梢風はその流れの外に孤立する存在になるのである。

盛のことを顧みるまでもなく、村松自身も文壇の中では厳しい状況におかれていたのである。それが故に、盛の作品が毎号『騒人』に掲載されるほど、村松は盛に好意的だった。

安藤盛の舞台は、南シナ、安南、シャム、マレー、南洋等で、それらの土地へ進出してゐる日本人の生活を描いたものばかりで、就中娘子軍の不思議な愛国心、望郷の念を取材した物や、海賊物などは、日本の作家に類のないエキゾチックな面白い作家であった。彼が若しアメリカにでもうまれたなら相当に買はれた文士だったらうが、日本の文壇では駄目で、おまけに世渡りが下手だったから遂に目が出ず、昭和十三年頃壮年で病死した。

村松はこのように、才能を認められず、失意のうちに亡くなった盛を偲んだ[20]。ちなみに『時代屋の女房』で第八十七回直木賞を受賞した作家村松友視は、村松梢風の孫である。

盛は、村松に知己を得て水を得た魚のように『騒人』に執筆した。確認できただけでも昭和三年一月号に「波上の王者（南支那の海賊譚）」を掲載

して以来、昭和四年十一月までの間に、連載「安南革命」をはじめ、「祖国を招く人々」、「哀夜」などの小説を執筆し、時に「中将湯」や「後藤新平子の逸話」の随筆も書いている。

『騒人』と平行して執筆していた雑誌に、東洋協会が発行していた『東洋』があり、これにも十数本の作品が掲載されている。『騒人』、『東洋』に掲載された作品の多くは、後に刊行された著作に収録された。なお、村松は盛の短編を集めて騒人社から出版したこともあるとも述べているが、この刊行についてはは確認できていない。

昭和五（一九三〇）年から、盛は時々『週刊朝日』にも執筆をするようになった。「海洋島奇譚　島を拾ふ話」、「蕃人の奏でる音楽」、「支那艶笑記」である。各雑誌から締め出しを食らったことに責任を感じた朝日新聞の鈴木文史朗が紹介したものだろう。

村松梢風が懇意にしていた滝沢樗牛の『中央公論』にも、昭和六年三月号に「一九三一年・新商賣往來　鯨・鯨・鯨」、六月号に「蛮婦エロティシズム」を掲載してもらった。ただその扱いは小さく、捕鯨業の振興を説いた「鯨・鯨・鯨」はわずかに三ページ、また台湾女性の貞操問題について書いた「蛮婦エロティシズム」は、各ページの下三分の一のスペースを与えられた十六ページで、禁止用語が×××の伏字で表されていた。その内容ゆえに、成蹊高校教諭河原功の「日本統治期台湾での「検閲」の実態」[21]によれば、台湾では「蛮婦エロティシズム」は検閲の結果、削除処分になったという。

ところで、『騒人』が終刊した頃、『少年倶楽部』の萱原宏一は、盛から送られてくる原稿の取り扱いに苦慮していた。盛が原稿を大量に保有し、その原稿で大きな柳ごおりがいっぱいだったことは、編集者の間では有名な話だったらしい。

わたしのところへしょっちゅう原稿を持ち込んでくるんです。また安藤が持って来たというんで、すぐに読んで、すぐ速達でパーッと返す。返したと思ったら又次が来ているんです。ですから、安藤の原稿はおさのごとく往復するわけです。それでも下手な鉄砲も数打ちゃ当たるで、五編や十篇は雑誌に載ったものがあります。

と語っている。

村松のおかげで『騒人』に作品が連載され一息つくまもなく、同誌は昭和五年八月を以って廃刊になった。村松の息子の村松喬によれば、廃刊の理由は積み重なった借金だったというが、この廃刊に伴って盛は作品発表の場を失い、改めて講談社などに原稿を持ち込んだのだ。

昭和初期に少年から圧倒的支持を受けた講談社の『少年倶楽部』には、盛の下記作品が掲載されたことが判明しており、すべての作品が日出男氏製作の『安藤盛・短編集』に収録されている[22]。

*「今一度汝の皇帝を見よ」　昭和五年四月号
*「三両清兵衛と名馬朝月」　昭和六年六月号
*「天晴れ功名物語　遠賀川の一騎討」
　昭和七年二月号
*「武勇小説　情の一騎討」　昭和七年九月号
*「出陣秘話　孝子の雑炊」　昭和九年一月号
*「武士道物語　誉れの忠僕」　昭和九年三月号
*「関原秘話　泣く裸小僧」　昭和九年六月号
*「蔚山籠城秘話　捧げた命」　昭和十年十二月号
*「私のニューギニヤ探検記　食人蛮の御馳走」
　昭和十一年七月号
*「沖縄にこの父あり」　昭和十二年十二月号

『少年倶楽部』は、少年向けとはいえ、サトウ・ハチロー、山中峯太郎、佐藤紅緑、田川水泡、大仏次郎、南洋一郎（池田宣政）、豊島與志雄、高垣眸など、当時の売れっ子や後に大家と目されるようになる作家陣が執筆していた。皮肉なことに盗作作家の久米正雄もその一人で、盛と同じ号に並んで発表していた。

『少年倶楽部』に掲載された盛の十本の短編小説には、樺島勝一、田代光、羽石弘志、村上松次郎などの画家が挿絵を描き作品に花を添えた。

掲載された作品のうち、「今一度汝の皇帝を見よ」は、編集部がつけた奈翁秘話の副題が示すようにナポレオンの物語で、「食人蛮の御馳走」はニューギニアでの盛の探検物語だった。しかし、盛の作品が掲載された各号には、南洋一郎の「密林の王者」や「吼える密林」、山中峯太郎の「亜細亜の曙」や「大東の鉄人」、島田啓三の「冒険ダン吉」など、海外を舞台にした冒険小説が見られるのに対し、意外なことに盛の作品のほとんどは時代小説だった。

盗作事件の余波はあったものの、盛は徐々に作家としての道を歩み始めていた。この間、昭和四(一九二九)年四月には、本籍を大分から東京に移している。

七、読売新聞に連載された『海賊王の懐に入る』

『海賊王の懐に入る』の函

昭和七（一九三二）年一月十八日付の『読売新聞』は、「世界未発表の一大実録　超道徳的『悪の扉』開かる」、「海賊王の懐に入る」の記　安藤盛氏冒険的踏査執筆」、「来廿三日朝刊より連載」と、盛の連載が読売新聞紙上で開始されることを伝えた。この予告は、日出男氏が国会図書館に通いつめて発見したものだ。

日出男氏は、「海賊王の懐に入る」が読売新聞に掲載されたことを、連載後に刊行された同名の書籍『海賊王の懐に入る』の序文で読売新聞社長正力松太郎が述べていることや、読売新聞の盛死亡告知の文章から知っていた。そのため盛の連載を確かめるべく読売新聞社を訪問したが、国会図書館に行くよう言われ、夫人同伴で調べたものの、『海賊王の懐に入る』を自費出版する昭和五十八（一九八三）年十月までに見つけることができなかった。その後も国会図書館でマイクロ・フィルム『読売新聞』を繰り、ようやく見つけたのが、この連載予告だった。

予告どおり、「海賊王の懐に入る」は、昭和七年一月二十三日から連載された。連載は七十五回を数え、最終回は同年四月二十四日だった。

当時中国南部海域で頻発していた海賊は世界的に関心を集めていたが、被害状況は不明で一九二〇年代になって初めてその実態が把握されるようになった。日本船も一九二九年九月二十日に「日の出丸」が襲われ、護衛に当たっていたインド人番兵数名が射殺された。

こうした中、ジャーナリストであるリリアスにより、海賊の実態を解明した『南支那海の彩帆隊　南支那海海賊船同乗航行記』[23]が、昭和六（一九三一）年に大木篤夫の訳で出版された。大木はこの本の出版に当たり、この方面に明るい東京朝日新聞の頼貴富の協力を得たという。ライバルの読売新聞にとって、台湾新聞時代に海賊との接触があり、その経験を『騒人』などで発表していた盛は、こうした新聞社間の競争のなかで、話題提供者として好都合な存在だったのだろう。

『読売新聞』に連載が終了した直後の五月十八日、『海賊王の懐に入る』は、先進社から刊行された。表紙と箱には、白雲のもとで帆を張った海賊船が描かれ、『南支那海の彩帆隊』の表紙と並べると、船の向きが異なるだけで極めて似通ったデザインとなっている。盛は絵が得意で、自著を自分のスケッチで飾ることが多く、同書の表紙にも「あんどう」のサインが添えられていた。

先にも述べたが、同書の「序」では読売新聞社長正力松太郎が、「読売新聞連載中において、読者大衆の白熱的賞賛を博した」作品であると絶賛し、「いまや新装をこらして一書を成す。一気通読せんか、必ずや興趣、智益ともに加はるものがあらう。あへて江湖に推するゆえんである。」と、大いに持ち上げた。ついで作家の三上於菟吉が、

安藤盛氏は、九州に生れて、いかにも南海の子らしく、年少気を追うて、東西南北に足跡を印した。サハレンの海に浮かび、シベリヤに冬営し、台湾に流泊し、南支那、安南、シャムの奥地を窮め、時に飄然として都門銀鞍の才子と化し、銀座酒楼に痴態を示す。その出発たるや、知るべからず。知人をして、恒に瞠目せしめ、杞憂せしめ、また拍掌せしめる。性たるや豪快と緻密とを兼ね、飯戯の観ある文筆の業の如き、蓋し文壇の珍、その多才的性格の顕現である。

と、盛の人となりを紹介した。

「序」はまだ続く。村松梢風の番である。村松は盛と自分を結びつけたのは、南支那であると言い、

始めて安藤君と会った時、其の滔々として尽きない旅行談の中に南支那や、安南や、南洋あたりの、怪奇を極めた物語の数々を聞かさ

れて、私は驚異の眼を睜ったことを覚えている。実に安藤君の体験は、質に於いて、量に於いて、聴者を驚倒せしむるに足りた。他日此の人が、其の嚢底の材料を調理して文学的作品として発表したならば、それこそ畏る可きものだらうと考へたのだった。

安藤君は、今後続々此の種の作品を発表するだらう。終りに、本書は同君の嚢中に貯えた材料の一片に過ぎないことを読者の記憶に留めて貰ひ度い。

と、結んだ。村松の優しさが窺える文章であり、その言葉通り、盛はこの書を皮切りに次々と作品を発表することになる。

昭和六（一九三一）年十二月、盛は南支那の海賊の首領張甜に会うために台湾を出立し待ち合わせ場所であるアモイに向かった。同地で盛り上がりつつある排日運動の状況を調査することも目的のひとつだった。南支那の地を踏むのは五度目であり、張甜に会うのは十二年ぶりのことだった。

これが事実であれば、盛が台湾新聞社時代に海賊の元を訪れたのは大正、七、八年のころということになる。

『海賊王の懐に入る』は、小説のスタイルをとっている。そのため、どこまでが真実かはわからないが、アモイから旧知の海賊の首領張甜の基地である瀨窟郷訪問を実話小説に取りまとめたものだった。

ところで、作家神坂次郎に「海魔風雲録」（初出『小説新潮』平成六年二月号）[24]という短編小説がある。この小説は、安藤盛と思しき明治生まれの安藤青年（姓のみで名前は記されていない）が、南シナ海の海魔将軍（海賊の頭目）張甜と会見し、その巣窟に潜入した手記に基づいているという。

痛快無類のこの手記は、四百字詰の原稿用紙にすれば千枚ちかくはあろうという分厚いもので、表紙はちぎれ原題は不明。そのせいかタダ同然の値段で、当時、浅草国際劇場裏のわたしの下宿の近くにあった古道具屋の、埃まみれの棚の上から購めてきたものだ。

安藤青年は、海賊の巣窟を二回訪問しているというが、その時期についてはいずれも文中では明示されていない。この小説の主人公が古道具屋から入手した原稿千枚の手記は、最初に安藤青年が南シナ海を渡った二十五歳の時に書いたもので、その後十二年して新聞記者だった安藤青年は、再び張甜に出会うために南シナ海を渡ったというのが、話の筋である。

いかにも神坂が、盛が大正時代に行った海賊訪問記である幻の原稿を入手し、その原稿に基づいて描いた小説のように見えるが、この原稿入手の件は神坂による全くの創作である。「海魔風雲録」に描かれた台湾新聞記者時代の旅行の内容は、盛が『海賊王の懐に入る』に記した回想の域を超えてはおらず、また十二年後の海賊訪問の内容も『海賊王の懐に入る』のストーリーをただ追ったものにすぎない。

筆者も日出男氏の指摘でこの小説を読んだときには、すわ新資料発見かと身を乗り出したほどだが、もう少しでまんまと神坂の術中にはまるところだった。

なお、『海賊王の懐に入る』の序のなかで、三上於菟吉は、盛の海外での足跡について「サハレンの海に浮かび、シベリヤに冬営し、台湾に流泊し、南支那、安南、シャムの奥地を窮め」た、といい、村松梢風も盛は「南支那や、安南や、南洋あたり」を旅していると、書いている。

筆者は、昭和七年までの間に盛がシャム（タイ）やフランス領インドシナ以外の南洋を訪問したという記録に接することはできなかったが、盛は後にタイやシンガポールを舞台にした作品を発表している。日出男氏に残された英文東南アジア地図には、サイゴンからプノンペンに抜け、バンコクまでの陸路に赤線が引かれ、またサイゴンから海路シンガポール、ジャカルタまでも赤線が続いている。訪問の時期については不明であるが、プノンペン、バンコクへの訪問は、台湾新聞社時代に行ったフランス領インドシナ旅行の帰途に立ち寄った可能性が高い。

八、長谷川時雨と『女人藝術』

『美人伝』などの作品や戯曲で著名な長谷川時雨は、ヒューマニズムと女性解放をうたった雑誌『女人藝術』を大正時代に発刊した。同誌は、関東大震災の影響を受け二号で廃刊したが、その後、時雨は夫で大衆作家として名声があった三上於菟吉に資金を提供させ、昭和三年に第二次『女人藝術』を創刊した。時雨のもとには新進女流作家やその卵が集まり、「放浪記」を連載した林芙美子をはじめ、上田（円地）文子、窪川（佐多）稲子など、多くの女流作家が巣立っていった。

後には、神近市子などのプロレタリア運動などにも理解を示し、労働現場などのルポなども掲載した。それゆえ、当局ににらまれて度々発禁処分を受け、ついには第五巻六号（昭和七年六月）を以って廃刊に追い込まれている[25]。

『女人藝術』が廃刊されるその年の第五巻第一号（昭和七年一月）に、安藤盛の「海外に放浪する天草女（シャムのおかつ）」が掲載された。

この号には、中條（宮本）百合子が、「従妹の手紙」、河上肇が「資本主義の一般的危機」、時雨が「古代史に現はれた女性の奴隷研究其他」を寄せ、葉山嘉樹が「労働農民学校」を掲載している。また労働現場を報告する「職場から」欄には、女優XYZが「スタジオ労働者」を、黒川信が「X局の待遇」を、A・Kが「見習い看護婦とは」などを寄せ、女性労働者の現況を伝えている。

さて、長谷川時雨は、安藤盛に原稿を依頼した理由をこう語る。

最近山形県のある村で、全村こぞって妙齢の娘を売ったといふ秘話が喧伝された。その由来は明治の初頭人智進まず、山間の住民は、村の山は村人の所有と信じ、その手続きを怠ったため、村人には日々の営みの、自分たちの山の木を伐り、草を刈るにも代価をはらはなければならなくなった。その上に凶作のため、村には娘が居ないといふ哀れな話を生んだ。娘を売った金が山の木や草の代価になり米になり粟になるのだ。

だが、古来娘を売る風習は秋田にもあり越後にもあり、都の中にもある。この話を聞いた時に、私はあまりにも有名になってゐる日本の長崎、天草の女の身の上を思ひ僂んだ。それが動機になって、海外に放浪する彼女たちを、皆さんにも一度知ってもらはうと思った。そしてそういふことに委しい元大毎の記者高信喜代松氏の助力と、異郷でさうした女性に接した安藤盛氏の豊富な材料を貰って発表することにした。

やがて「シベリアお菊」とか、「とっくりお徳」とかいふ人の名もでるであらう。日本の醜業婦の海外進出が記されてゐる最も古い「蘭船お浦」のことも探られよう。彼女は慶長年間に、仏領印度、支那の東京省と、日本長崎間の貿易が行はれたとき、東京に居住して、オランダ、イスパニヤ、安南、支那の語を会得し、日本船と唐船との交易を自由にし、日本女子紅軍隊の指揮者でもあった。お浦は美人で、その最後は紅河に身を投げて死んだといふことだ。異郷にさすらふ女人の悲話を知る人は惜しみなくその素材を授けていただきたい。それらをまとめることもまた私達のつとめであると思ふ。(時雨)

一九二九年に発生した世界恐慌の影響に引き続き、昭和五(一九三〇)年の東北農村地域での豊作貧乏、繭価の暴落、養蚕家の貧窮化、翌六年の東北地方の大地震と大津波による被害などにより、東北地方をはじめ日本の各地で貧困がはびこった昭和初期、娘たちの身売りが各地で横行していた。

吉見周子は、その著『売笑の社会史』[26]の中で、長谷川時雨が指摘した山形県の悲劇と思われる昭和六年(一九三一)年十月三十日付『東京朝日新聞』の「生きる悲哀煉獄の山村」、「娘の身代金で官地を払ひ下ぐ―一村の少女全部が姿を消す」の記事全文を紹介している。

それによれば、山形県の最上郡は人口が九万四千人で、うち二千余人が娼妓に売られた。村々では、長年にわたって開墾してきた土地が国有林であったこと、その田畑を購入できなければ没収されてしまうことを、大蔵省から知らされる。借金の出来ないものはわが娘を売り飛ばす以外に道はなく、同郡の西小国村では三十九名の娘を娼妓に送り出し、女中に二十名、酌婦に十五名、芸者に十一名と、少女たちが金に変わって、同村からは乙女の姿が消えてしまった。

山形県ばかりでなく、農村地帯の貧窮は全国いたるところで見られ、南米に新天地を求める男性や娼家に売られる若い娘も少なくなかった。

しかし、それより先、明治・大正時代に海外に売られ、今も外国で売春業に携わっている女性に思いを馳せる日本人は、婦人矯風会や廓清会など一部のキリスト教関係者を除き、女性でもほとんどいなかった。

時雨の夫は、盛の処女作『海賊王の懐に入る』の序を書いてくれた三上於菟吉だった。そのため、『騒人』に書いた「からゆきさん」関連の作品を読んでいたことは疑いなく、三上が時雨に盛を紹介したのだろう。

この時雨の前書きについて、時雨研究家の尾形明子は、海外で放浪する女たちへの時雨の優しさが表れた文だと紹介し、ジャーナリストらしい細やかなルポタージュであるとしながらも、本文については、「安藤盛と署名があるが、時雨がまとめたものであろう」と推測している。[27]戦後における盛の知名度はこの程度のものであった。

安藤盛の「海外に放浪する天草女」は、『女人藝術』の昭和七年の一月号に「シャムのおかつ」が掲載され、二月号に「国境のない日本女」、四月号に「東へ」が続いた。

「海外に放浪する天草女（シャムのおかつ）」は、タイ（当時はシャムと呼ばれた）の南部マレー半島のシンゴラという、小さな港町に一人で旅行中の新聞記者の「私」が、故郷の両親を偲びながら、感傷的になっていたときに、「日本人がいる」と聞いて訪ねてきた、日本女性との出会いから始まる。[28]以下、ストーリーを紹介しよう。

「私」に会いたいと訪れたきたその女性は、三十二、三歳だった。「妾《わたし》見たいな女へ、よう、お逢ひくださいました旦那さま、妾はおりんと申します、ここへシンガポールから参りまして、あなた七年、その間、たった一度も日本の殿方にお目にかかることが出来ませんでした。」と、語る彼女の左腕には、太い金の腕輪がはまっていた。彼女はマレー人の材木商に身請けされ、チーク材の出るこの地に今は住んでいるという。

おりんの身の上話を聞いていると、椰子の木陰から白衣の二人の人影が見え隠れした。「あそこに居る汚い妾同様の日本の女へお会いくださいませんか。」女たちは、荒い棒縞の浴衣に赤いメリンスの帯を締め、素足に葦製の草履をはいていた。私が二人の女の手を握りしめると、大きく目をみはって私を見つめた。お松、いちをと二人は名乗った。二人は三ヶ月前に、シャムの首都バンコクから歩いてこの地にたどりついたという。

私は三人を夕食に誘うと、女たちは心から恐縮していた。そこにおりんの旦那ダヤンティが、「おりんは、俺の女房だ」と現れると、おりんは両手で顔をおおって食卓にうつぶせた。「私」が、下心はないから心配するなとダヤンティに伝えると、今度は私の夜を慰めるためだといって、マレーの女を連れてきた。

おりんは、もう一人の日本の女に会って欲しいと、私に頼んだ。町を抜け、タピオカの畑を過ぎ、黒い森の中を車で走ると、時計は深夜の十二時を過ぎていた。ダヤンティも心配なのか、同行している。車は、「大きな菩提樹の茂った下に、丸太で組み上げた床の高い屋根はニッパ椰子の葉で葺いて地上から六尺ばかりの高さの入り口まで、丸太の階段のついた家」の前で止まった。

その家からは、ばさばさの頭髪で、六十歳を超えるかと思われる老婆が、「おかつでございます。」と名乗って現れた。案内された部屋には、たどたどしいカタカナで「ニッポン、テンショコタイシンサマ」(天照皇大神様)と書かれた紙が貼ってあり、朝夕拝んでいる姿が想像された。私に会えたのも天照皇大神様のお陰だといい、支那人の亭主に死に別れて二十三年、ここルウに住んでいる。

おかつは私のために用意した酒と缶詰で、今日は騒ごうとおりんとお松に声をかける。

昔の腕を見せてあげようと、ところどころ切れた糸を結んだ三味線で歌い始めた。

ゆかり思へば
春日の里の
昔、おとこが
なつかしや
若紫の恋衣
むかし、男が、なつかしや

騙されて日本を出るまでは、長崎の丸山で源氏名を持っていたこともあるというおかつだ。

おかつだけが、一人酒を飲み続けた。そのおかつが、「今になって日本の話を聞きますと、ただ泣きたくなるばかり、そぢゃけんど」、私にたったひとつかなえて欲しい願いがあるという。「妾どものやうな、あばづれて、老ひさらばへた女は、日本に帰られる身ではございませン。」帰っても身よりも既にない。密林の中で死んでいくことは、覚悟している。

しかし、「本当のことば申上ぐりや、せめて、日本の土になりたうございます。」おかつは、立ち上がって隣室へと姿を消した。五分後に現れたとき、私の前におかれたのは紙に包まれた頭髪だった。三人の女たちは、声を上げた。ただですら毛が薄いおかつの頭に、毛髪はほとんど残っていなかった。

おかつは、涙を指で抑えながら言った。自分の体は日本の土になることは出来ない。だから、私が日本に帰るときに、九州の山々が見えたら、「この婆の髪は日本の土になれ」と、髪の毛を海の中に叩き込んでほしい。そうしたら、妾の思い出も、どこかの岸の岩か砂にしがみついて日本の土になるから。

三人の女は「おばさん」と泣きながら、肩や背中に手をかけた。私は知らず知らずに、白髪の包みを手のひらにのせていた。泣いていた三人は、「旦那さン、妾たちのも汚なからうけれど」、「すみまッセンが、日本のあの青い青い海の中へ投げ込んでくださいまッせ」と口々に訴える。おかつのように頭髪を全部切ってしまえば、生活のすべを失うことになるので、少量の髪を私は受け取った。

「今晩な、もう、泣くことァならン」おかつはそういって飲み明かそうと提案し、「日本旦那は、今晩妾たち四人の大切なお方よ、ここは返さないからね」と、早く帰らないと私のために用意したマレー人の女が白人にとられてしまうという、ダヤンディに向かっていった。

掲載二回目の「国境のない日本女」では、世界に散在する日本の女の状況について、盛は得意になって筆を振るった。「太平洋をめぐる国、島々には、日本のマッチと女の姿は見ないことがない」とまで言い切る。それだけではない。日本某社外船の事務長の話では、アフリカのケニアの市場でも蝦印のマッチが売られ、ひょっこり事務長を訪ねてきたのは三十五、六歳の日本の女だったという。アラブ人の妻になって十年だという彼女に会ったという事務長から、この話を聞いたのは大正七年、香港でのことだった。世界無銭旅行家菅野某[29]からはペルシャの砂漠の中にも日本女が住んでいるということを台湾時代に聞いたとも書いている。

多くの地域では廃娼が決定され、売春行為は地下にもぐらざるをえない状況だったが、帰国がかなわない元からゆきさんたちは、他に職業を得るか、現地の人と結婚するか、愛人になるかなどして、広範囲にわたって未だ海外の地をさまよっていた。

三回目の「東へ」は、そうした二人の日本の女が、住み離れたシャム（タイ）から、望郷の念を一途に、日本へ一歩でも近づこうと体を売りながら、困難な旅を続ける姿を描いている。

時雨の『女人藝術』は女性の現状を憂い、戦う女を謳いながら幾多の女流作家を育てた。そのひとり円地文子は、からゆきさんの生涯を描いた『南の肌』[30]を戦後に書いている。円地にも、どこかに安藤盛の影響を受けているところがあるのかもしれない。

この年、昭和七（一九三二）年、安藤盛の原作で、映画『飢えたる武士道』が日活（太奏撮影所）で製作されている。監督は久見田喬司、脚本は卯月貞介、主演は沢村国太郎と桜井京子だったという。[31]

九、からゆきさんを描いた『祖国を招く人々』

『女人藝術』で「海外に放浪する天草女」が連載されてから、半年もたたない昭和七（一九三二）年九月、盛は三冊目の著書『祖国を招く人々』を刊行する。出版社は、『海賊王の懐に入る』と同様に先進社だった。この出版を機に、盛の危機を救い、快く作品を掲載してくれた『騒人』の村松梢風や、盗作事件の端緒となった東京朝日の鈴木文史朗をはじめ、松居松翁、国枝完二、長谷川伸、田中貢太郎、伊藤痴遊、宮川曼魚、平野零児などの作家仲間や、出版人・編集者の荒木武行、宮崎光男、小野金次郎が集まって出版祝賀会を開催してくれた。

『祖国を招く人々は』は、表題の「祖国を招く人々」をはじめ、今まで盛が各雑誌で発表してきた、「馬蹄銀を削る男」、「砲声ゆれる夜」、「ツロヌの晩鐘」、「シャムの月」、「あの人たち」、「彼らの存在」、「森の子は哭く」、「褌を縫う男の家」、「霧の国境」、「シャムのお勝」の十一編の短編から構成されている。

同書は、副題に「女放浪者の声」とあるように、いずれの短編も東南アジアをさまよったあげく、各地に仮の宿を定めている「からゆきさん」や元「からゆきさん」が、主人公もしくは重要な役割で登場する。文学界において極めて特異な著作であると言える。

表紙には、椰子の木の下で、赤い日傘をさし、赤い帯を締めた和服姿の女性が駱駝に乗っている情景が描かれている。これも盛の筆によるものだ。

序文で盛は、本書執筆の動機を語る。

　無知な日本女の、海外に放浪するものの中から、落ちこぼれたる、日本人のいいところの破片を拾ひ集めて本著を刊行したものであるが、これは、一言に云へば手鏡である。日本の全貌は見ることはできないけれど、何処か一ヶ所の日本人のよさを映し出してくれる。

ただ、手鏡だ。

その手鏡から、私の胸に反映した影を活字にしたこの活字がまた私の放浪時代の、その一頁を作ったに過ぎないのである。

「祖国を招く人々」の文学的価値など私の目的とするところではない。ただ放浪する無智な日本女が、虎吼える密林の中に、波すさぶ孤島の岸に、白雲うづまき流れる高原に——それぞれの未開の地に立って、日本へ呼びかける「声」を、聞いてやってもらひたいものにすぎないのである。

巻頭を飾った「祖国を招く人々」はすでに述べたように、初出は『騒人』第四巻の七号と八号に掲載された。口絵は、盛の筆によるロバに乗った二人の和服姿の女性のスケッチで、後に続くすべての短編小説の扉も盛のスケッチが飾っている。以下、ストーリーを紹介する。

植民地研究と食糧問題を研究している「私」は、香港を振り出しにアジア諸国を回ったが、そこに見たのは白色人種の横暴がまかり通っていることだった。フランス領インドシナに入り、次の目的地である中国国境近くの町オンガイ（ホンガイ）に向かったところ、港で待っていたのは、思いがけないことに、一人の日本人の男だった。

この男、濱野は海防《ハイフォン》の醜業婦であるおまつから「私」のオンガイ訪問を電報で知らされたのだと言う。「私」は、おまつに二、三度会っただけだが、汽船に乗る前に今度の旅行の話を彼女にしている。「私」には彼女の親切がひどく嬉しかった。

私が案内されたのは、濱野夫婦と七人の日本人女が住んでいる洋風の家屋だった。夜にはトラが出没すると言うこの家で、私の到来を今か今かと待っていたという女将は、到着した「私」に女たちと握手をして欲しいと言う。「日本から新しくいらっしゃった旦那さまの、お手を握らせていただくのは、何年振りでしたらう。」と女の一人も言う。

女たちは濱野夫婦と長い放浪のたびを続け、ジャワやマレー半島のどんなところでも知っていた。

フランス人が建てた二階建ての家は、夫婦の部屋だけは畳敷きで、欧風の部屋のほかに欧風の二十畳敷きほどの広間があり、そこが女たちの飾り窓だった。女たちはほとんど半裸体で薄い絹のスカートをまとい、派手な友禅の単衣をだらしなく着ていた。

まだ客のいない広間で、「私」にそうした姿を見せないように恥じらいでいた彼女たちは、冗談一つ言わなかったが、次第に打ち解け、幼かったころの故国の記憶をたどりながら私を質問攻めにした。「私」が「これまでこの種の醜業婦に対して抱いていた」「心の警戒は次第にゆるんで行った。」「異邦千里を放浪するところの、悪婆擶れた捨て鉢な夜叉のように思っていた私の予想は裏切られ」「寂しさをさへ感じて来もする。」

女たちは、トランプで「私」がこの家に滞在する間の侍女選びを始め、お菊が世話をしてくれることになった。階下ではフランス人や、支那人、安南人が女を争う声がする。お菊は何も聞かないでと、あわてて部屋の扉を閉めた。お菊はまだ二十五、六歳らしく、九州女特有の高いほほ骨が特徴で、肉感的な皮膚と唇を持ち合わせていた。

「私」は重い憂鬱を感じつつも彼女たちに憎悪の念を持つことは出来なかった。女たちは、競い合わせた上、一番高く金を払う客を相手にするという。

翌朝女たちは「私」のベッドのそばで、支那人から有り金を巻き上げてやったなどと平気で語る。「毛唐や支那人に負けてなるものですか。」、「根こそぎ彼奴共の金をまき上げるのですわ。そして日本へ送ったら貧乏な日本のためになるのですもの。妾たちの体はどうならうと、日本の為にさへなればそれでいいのです。」一方濱野は、賭博に行き千ドルほど稼いできたという。

お菊は、突然「私」に頼みがあると言い出した。金銭にかかわることだろうと推察した「私」は、現金の持ち合わせが充分でないことに軽い不安を覚えた。本来女将がお願いすべきであると言うその「願い」とは、「妾《わたし》たちの友だちの女、死ぬが死ぬまで日本の空を慕ってゐる人の、その人の墓がこの裏の森の中にあるのです。」その墓におまいりして欲しいというのだ。

左：『祖国を招く人々』のカバー表紙（安藤盛の装丁）。
右：安藤盛のスケッチ「祖国を招く人々」の扉

私の胸には敬虔と寂しさとがせぐりあってきた。―こんなにも純情を持った放浪の女を故国では獣のように罵ってゐる知識階級の女たちの、醜い生活の断面を偽善に覆い隠してゐるのが、この上もなく憎まずには居られなかった。

女将と女たちと出かけた墓は、夜には虎が横行すると言う椰子などの熱帯林を十町ほど行った大老木の下にあった。青草の中にぽつんと土饅頭だけの墓に線香を手向けお菊たちは地下の女の名を呼んだ。「貴女はこれで少しは浮かべるわねえ。」「妾たちが死んだら、こんなことは望んでもできないわ。」「寂しかったでしょね。」ビンの水を注ぎながら女たちは口々に友人に声をかけたが、「私」は見るに忍びずに、くるりと背を向けて唇を噛みしめた。女たちでもう口を利くものはいなかった。この間、濱野は三晩続けて賭博をし、ようやく勝って帰ってきた。

今回の「私」の旅の目的はベータロン群島（ハロン湾）を探検することだったので、奇岩が聳え立つこの風光明媚の海で六日間過ごし、再びオンガイに戻ってきた。次の旅は中国雲南方面だった。「私」が、旅の日程を濱野に相談し、準備を始めると女たちは「ほんとうに御立ちになるのでございますか。」と口を揃えて聞き、まだしばらく滞在して欲しいと言った。

「今度お別れしたら、一生生きて再びお目にかかることはできませんわ。」とお菊もしんみりとした口調でつぶやく。

女将や濱野も出発を延期するように訴え、「私」はずるずると出発を延ばした。その間女将は「私」をもてなすために、かび臭く香りが抜けた海苔で、海苔巻きを作ってくれた。

いよいよ「私」が出発を決め、お菊に勘定の話をすると、「言ってはみますが。」と奇妙な言葉を残して部屋を去っていった。お菊に代わって現れた濱野は、「私」に金はどこから持ってきたのかと聞く。当然日本から持ってきたという「私」に、濱野は「旦那の持っていらっしゃる金は貧乏な日本の金です。そいつを一文だって他国に撒いてはなりません。」「一文だって旦那からお金を頂戴しようなんて、そんな吝な了簡は私共にはありませんよ。」「私たちの家は何十日いらっしゃらうとも、この国の奴の金をまき上げて、それでお賄ひしてゐるので、こっちの懐中は一文だって痛まないのですからね。これだけ私は申し上げて置きます。」

「私」は何物かに打ちのめされたように、全身の筋肉はしびれて物を言ふことさへできなかった。」「故国を見捨てて放浪の旅を続ける、無頼の男からこんなにも尊い言葉を聞かうとは、私の夢にも思はないことだった。私の掌を握りかへす濱野の手も震えていた。」

出発当日、「私」のそばでうなだれるお菊は、最後の頼みとして、「私」に他の女たちにキスをして欲しいと言った。女たちは朝からお菊に頼み込んでいたと言う。

「女将」は、「ね、ただお願いひは、あんな恥さらしな女たちがうろうろしていたが、今頃は何処をのたついているかと、日本へお帰りになった後、ときどき思ひ出してくださいまし、ええそれだけで結構でございますから。」とまぶたを押さえながら訴える。

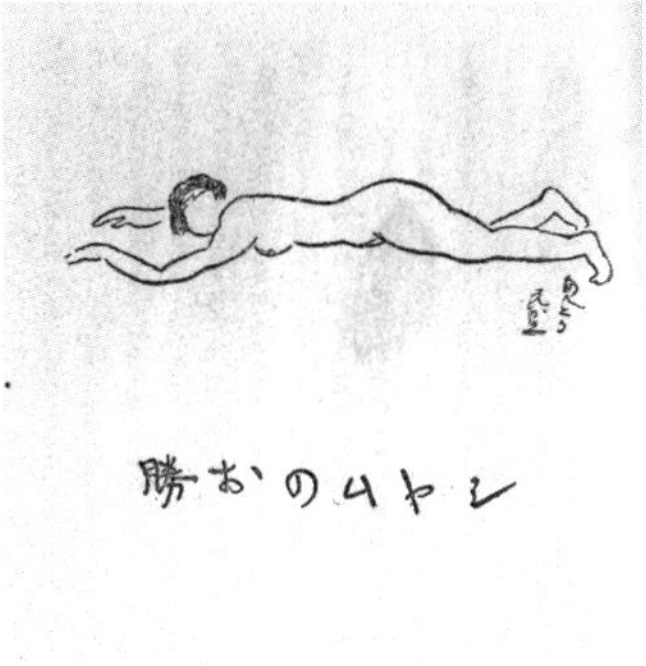

左：安藤盛のスケッチ「あの人たち」の扉。
右：安藤盛のスケッチ「シャムのお勝」の扉。

日本へ堂々と大手を振って帰られる旦那が羨ましくてなりませんや。

濱野が突然叫ぶと、女将は「私」の肩にもたれかかり泣き沈んだ。その熱い涙を感じながら、

私は自分の頭を抱へたまま、この祖国を招く人々へ、慰めの言葉一つかけてやることができずに、ただ唇を噛みしめたままであった。

闇い海のうへから汽船の汽笛は、ボウボウと乗船を促すように鳴り響いた。

十、「祖国を招く人々」に出会った田澤震五

主人公の「私」が世話になったのは、現在のベトナム北部の町ホンガイ（オンガイ）で、ハイフォンから北に向かいバイチャイ湾（クアラック海峡）を船で渡っていた対岸にあり、昔から無煙炭の産地として有名な地だった。かつてはハイフォンから汽船で数時間かかった辺鄙な町も、現在では道路の整備とともに近代化が急速に進んでいる。

近くのハロン湾は、奇岩が聳え立つ無数の島々と美しい海面が、墨絵のような光景を描き出し、国内外からの観光客を魅了する一大観光地になっている。数年前までは多数のフェリーでごった返していたクアラック海峡には、日本の円借款で橋梁が建設され、ベトナムと中国の大動脈をつなぐ役割を果たしている。発音が難しいのか、ホンガイ、オンガイ、ホンゲーなど異なる形で表記されているが、現在ではホンガイと表記されることが多いようだ。

ところで、盛の「祖国を招く人々」は、先に述べた大正十（一九二一）年のインドシナ旅行に基づいた彼の実体験を元に執筆されたものだと推測される。果たして濱野のような嬪夫やお菊のような女性はホンガイに実在したのだろうか。

盛がフランス領インドシナを訪問したのは、大正十年十月。『南支那と仏領印度支那』は、翌十一年二月に刊行されている。偶然にも盛とほとんど同じ時期の大正十（一九二一）年九月二日に、このホンガイを一人の日本人が訪れ、後に紀行文を残している。台湾総督府嘱託の肩書きで東南アジアを旅した田澤震五がその人で、旅行記は『南国見たままの記』[32]という。田澤も盛と同様に台湾に関係していた人物だったが、この年六月に台湾総督官房調査課もフランス軍人マニヤバルの

『仏佛領印度支那大観』を翻訳出版している。田澤の書には、当時のホンガイの状況が詳しく描かれているので、盛の旅行記を見る前に、この書をまず紹介することにしよう。

田澤は、当初『南国見たままの記』を自費で出版した。ところが意外な好評に気をよくして、改めて出版社から再刊した。初版がどのような形態だったかは不詳だが、再版からは、盛の『南支那と印度支那』に序文を書いてくれた台湾総督府総務長官賀来佐賀太郎が、序を書いて推薦している。

田澤は、南国の旅ではいわば官の人として行動した。帝国軍艦新高の巡航に便乗して台湾を出発。その後英領北ボルネオ、オランダ領東インド、イギリス領マレー、シャムを回り、サイゴンに上陸してからは、フランス領インドシナを北上してハイフォンに到着した。ハイフォンでは中村帝国領事に面会し、石山ホテルに宿を取った。

石山ホテルの女将はお雪といい、四十過ぎのでっぷり太った気の強い女性だった。この石山ホテルは、岸田國士が昭和四（一九二九）年に、『中央公論』に発表した戯曲「牛山ホテル」のモデルになっている。[33] フランス語ができた岸田は、大正八（一九一九）年に三井物産佛印出張所長付き通訳の職を得て、ハイフォンで三ヶ月を過ごし、後に代表作ともなるこの戯曲を発表した。

フランス領インドシナのみならず、海外、特にいわゆる辺境の地に在住していた日本人は、日本からの旅行者が来訪した際には、次の訪問地に在住している日本人に連絡をして旅行者の便宜を図ってやることが一般的だった。遠来の同胞の世話をやく楽しみと、祖国の情報を入手したいと言う思いがあったのだろう。多くの旅行者が現地在住の日本人ネットワークの世話になっている。

「私」のホンガイ到着をハイフォンのお松が濱野に知らせてくれたように、田澤も訪問地ユエから次の目的地ヴインに移動したときには、在留日本人が電報でその地の友人に知らせてくれていた。ホンガイ訪問も石山ホテルからの連絡があったのだろう、港にはひとりの男性が迎えに来ていた。

　この地には旅館がないので西原君が女郎屋を営んでいる。此の地に来る日本人の旅客は皆此家で泊めて貰うのである。家はホンゲーの町の対岸、島上浪打際に在って、真に浮世離れのした所である。以前佛人の兵営が此所に在って、兵士の数も可なり居たので、佛国の官憲から衛生上日本人女郎屋が一軒欲しいとの交渉を受けて此所に初めたのだ相だが、例の自発的廃止問題で其の運命ももう長いことはないらしい。

西原は、西原喜三といい、大正二（一九一三）年の外務省資料にホンガイの醜業者として記録されている人物である。田澤がホンガイを訪問した大正十年には、少なくとも八年間は当地で娼家を営んでいたことになる。しかし、からゆきさんが多数在住していたシンガポールを始め、東南アジア各地では日本人の売春営業への締め付けが厳しくなっていた。西原の店も、廃娼問題に直面して厳しい状況にあることを田澤は示唆している。

ホンガイは、無煙炭の産地とともに積出港としても有名で、日本船も時々入港すると田澤はいい、現に三井の萬字丸が入港していた。

「西原君の家は仲仲広い家で、例の女は都合五人居るとのことであったが、予には遠慮してか其の姿を見せなかった。」階下からは、船員四、五名と女たちが歌う鴨緑江節や安木節が聞こえてきた。

「祖国を招く人々」では、女たちの人数は女将を入れて八人。彼女たちは「私」の来訪を喜び、日本から来た男たちの手を握るのは何年ぶりだろうか、と感激していた。しかし、田澤によれば、ホンガイには日本の石炭船の入港がしばしばあるといい、西原の店では日本人船員が客となっていた。海外の日本人営業の娼家では、日本人客と馴染みになったからゆきさんが、日本人客と駆け落ちするのを恐れ、日本人客を拒否する娼家もあった。

日本人が大正時代にこの地を訪れていたのは事実であったようだ。筆者が二〇〇四年にハロン湾の海上に浮かぶ島の中の鍾乳洞を見学した際にも、大正十年代の日付とともに〇〇丸と日本字で書かれた大きな落書きを見たことがある。しかし、大正時代にホンガイ周辺に船員以外の日本人がこの地を訪問することは、きわめて珍しかったに違いない。西原の店は、フランス軍からの要請で開業したと田澤は伝えているから、客の中心はフランス兵だったのだろう

濱野の家の女たちは、「私」の姿に祖国を重ねて見るように、「私」の来訪を心待ちにしていた。しかし、田澤に対しては遠慮によるものか羞恥心によるものか、西原家の女たちは田澤の前に姿を見せることはなかった。田澤自身は、からゆきさんに対して特に見下すような発言をしてはいないが、西原をして女たちを遠ざけさせたのだろう。

田澤のホンガイ訪問の目的は、地元の特産である無煙炭鉱の調査で、西原の案内で見学を行った。その後、

> さて此所でも帰りに宿料の勘定をと言ふと、西原君は宿屋では無いから要りませんと言ふ。只厄介になる訳にはゆかず、頼むようにして五弗の金を置いて来た。

「私」から宿泊料を受け取らなかった濱野同様に、西原も田澤からの宿泊料の受け取りを拒んだ。さすがに官の身である田澤は、五ドルの金を押し付けて西原宅を辞去したが、海外在住のいわゆる底辺と呼ばれる場所で働く日本人の多くは、遠来の日本人旅行者を無料でもてなすことが多かった。明治時代に世界一周を無銭で成し遂げた中村直吉などは、こうした人々のおかげで雨露を凌ぐことができ、さらに小遣いや衣類なども提供されて旅が続けられたのである。

田澤の『南国見たままの記』は、前述したように自費出版した初版が評判を呼び、再版に次ぐ再版を重ね、筆者の所有する同書は四版(昭和四年)を数えている。細かい観察と絶妙な語り口が多くの読者をつかんだようだ。

そして、この本の売れ行きの良さが、同時期に刊行された無名のジャーナリスト安藤盛の書名もよく似た『南支那と印度支那(みたままの記)』を埋没させる一因になったともいえるのである。

十一、「祖国を招く人々」の真実

安藤盛は、『南支那と印度支那（みたままの記）』で、フランス領インドシナにおける支那人と日本人の状況を比較しながら観察している。とりわけ、日本女性の動静にも関心を払ったが、それは在留日本人の半数以上を占めたのがほかならぬ女だったからだ。

日本の醜業婦が国辱だと騒ぐのは、騒ぐ其の者の方が海外では国辱で、島原女の尻を追ふてやっと発展する意気地なしの日本人を、自ら笑ひたくなる。

日本の女たちは、男の行かない奥地にまで入り込んでいた。意気地がないのは、女たちをただただ軽蔑する日本の男たちの方だった。

フランス領インドシナには、フランス人や混血女、安南人の私娼窟とともに日本人が働く売春宿もあった。盛が売春地域を歩いてみると、軒先に赤い電灯やランプがともされ旅行者でも一見してそれとわかるようになっている。日本人の売春宿も赤い電灯をともし、女性は丸帯をきちんと結んでこざっぱりした服装をしていた。

先に東京《トンキン》省に在住している日本人は、二百十七名、内女性が百四十名と、盛が記録していることを述べた。しかし、日本女性の中にはフランス人の妾として地方に在住している者もいたため、登録されていない人たちも多かった。女性の実数は、この数字を上回ると盛はいう。

盛によれば、フランス領インドシナの日本人の総数は三百七十一名で、内訳は次の通りだった。

*国名	*男性	*女性	*合計
東《トン》　京《キン》（ベトナム北部）	七七人	一四〇人	二一七人
安《アン》　南《ナン》（ベトナム中部）	三人	一〇人	一三人
老　撾《ラオス》		一人	一人
東蒲塞《カンボジア》		五人	五人
交址支那《コーチシナ》（ベトナム南部）	五一人	八四人	一三五人
合計	一三一人	二四〇人	三七一人

老撾《ラオス》、交址支那《コーチシナ》の女性のほとんどは、フランス人の下級軍人か下級官吏と同棲している女たちだった。

海防《ハイフォン》には、雑貨商三軒、輸入商一軒、旅館は石山ホテル他二軒、華南銀行支店と帝国領事館、それに妓楼二軒（たかなし女七名、中山女五名）があった。

河内《ハノイ》には、雑貨商六軒、写真業、理髪業各二軒、漆器商、菓子商、カフェー各一軒。

西貢《サイゴン》には銀行（横浜正金と華南銀行）、三井、鈴木、大阪商船、熊沢商店、山下汽船、他に写真業二軒、雑貨商、洋酒店、珈琲店、理髪業と妓楼が一軒あった。

他には、オンガイに妓楼一軒（女五名）。ラオカイに妓楼兼旅館があり、女はほとんど地方に散在している。フランス人と正式に結婚した日本女性も十数人は東京《トンキン》省にいたという。

盛は「醜業婦」の一章を立て、日本女性の問題に次のように触れた。

他の地域と同様にフランス領インドシナでも、日本帝国領事の指導により、醜業婦は国辱扱いされて女たちの新規の渡航はなくなっている。香港ではすでに廃娼が決定されたが、依然営業は続けられている。広東でも妓楼は全廃されたことになっているが、料理屋や旅館に姿を変えて、依然怪しい女が女中として渡航してくる。

インドシナの日本女郎屋は数が少なくなったが、その女郎屋はフランス人を客として土人（アンナン人ほか）を相手にしていない。この点はマレー半島やシンガポールに於ける女よりも幾分かましである。女の生活は頗る自由で拘束もなく、分け前は樓主と半々である。服装は割合にきちんとしていて、内地の三越あたりから取り寄せている。収入の大半は貯金するか日本に送金しているのは驚くほどである。しかし、故国に帰ろうとは夢にも思わないようで、退廃的な気分に満ちている。二十歳代は珍しく、たいていは三十五、六を超えたと思われる女ばかりで、年とともにその人数は減少している。西貢《サイゴン》にいるお光という女は、十数年前にフランス陸軍将校の妾として、安南、ビルマ国境の測量隊に参加したこともあるという女傑だ。

女たちは、「日本の男は、薄情だ」と罵るが、それもそのはず、猛虎の伏する山野を横断し、縦横に闊歩している彼女らの勇気は、日本の男にはない。

さて、盛のホンガイ（ホンゲー）での体験である。盛は『南支那と印度支那（みたままの記）』に七ページを割いて「ホンゲーの一夜」を書いている。それに対して「祖国を招く人々」には、数日間の滞在が三十五ページに及んで描かれている。

盛は夕方五時半にホンガイに到着した。ここには旅館がないと聞いていたので、ハイフォンを立つ前に電報で日本人の経営する女郎屋に電報で知らせておいた。港には、予定通り、「お向ひに参りました」と女郎屋の主人が迎えに来てくれていた。フランス人のような髭を生やしたこの男に連れて行かれた旅の宿では、女将が門を開いて数年の知己のように歓待の意を示してくれた。盛はこの主人のことを「祖国を招く人々」では濱野と呼んでいるが、旅行記では実名は記されていない。主人が西原であったことは疑いない。

宿の主人が一番気にかけている問題が、女郎屋の撤廃問題だった。「政府のする事は一體何をやってゐるのでせう。私共は日本に帰っても今じゃ困ります。」盛もこの意見には賛同する。女郎屋撤廃のために日本領事館を設置したのではない。それ以上に重要な課題、日本品に対する関税の引き下げや、利権の付与など重要な問題を放っておくのだから日本外交は駄目なのだ。

屋外に出ると星はりんとして輝き、海も輝いていた。もう日本には帰りたくない、と女将はいう。主人に女たちに会わせてくれと頼むと、階上から「旦那さんお上がりなさい。まだ妾共は出ませぬから、部屋で日本のことを聞きたい。」と、女の声。

二階では、五人の女が車座になってトランプをしていた。「遠慮なく云へば姥捨山に迷ひ込んだ格好。どれを見ても若い女の俤は既に失せていた」「皆なシンガポールから南洋諸島を跨いだ古強者ではあるが、何処となしに幼いころから日本を離れた為に五十面を下げた女にあどけないところがあるのは少なからぬ興味を惹く」

開業時間の七時になったので、盛も階下の店に下りてみた。土間の中央に大きなテーブルがあり、その周りに椅子を並べただけの殺風景なもので色気などのかけらも無い。十時になって、盛は提供された部屋で一夜を過ごした。

翌日は主人の案内で炭鉱を見物し、再び女郎屋に戻って女たちと食卓を囲んだ。その夜の十二時の船に乗るため女将にお勘定を頼むと、女将は眼に角をたてて盛を怒った。

妾共は遥々海を越えて来てゐますが、日本人でありながら日本人の懐中を當てにする様な了見ではありません。宿料をとる程なら貴方を御泊め申し上げるのではなかった。

寝ていた主人も起き上がり「一文もいらぬ」と押し問答になった。「貴方は物が判らぬにも程がある」と叱りつけられたが、一時間後にようやく十ドルを押し付けた。

暗夜にもかかわらず主人夫婦と女たちが渚まで送ってくれた。女将は最後に、

旦那さん、何卒御達者に。私共は之れから何処に流れて行く身か判りませんが、ホンゲーに日本の女が居たと云ふことだけは覚えて居て下さい。

と声をかけた。船に着くと主人は香港ドル二百ドルを取り出し、一介の貧乏旅行者である盛に、石山ホテルまで届けてくれという。大金に驚いた盛

が、「僕では危ないですよ」というと「構ひません」と笑って答える主人だった。

小説「祖国を招く人々」が、台湾新聞記者時代の仏領印度支那の体験に基づいていることは疑いがないだろう。しかし、実話小説とは言え、実体験と小説ではストーリーの展開に大きな差があるのは興味深い。すでに述べたように、小説のほうが紀行文よりも中身が濃く何倍も長文である。フランス領インドシナ旅行後に遭遇したからゆきさんとの接触が、原体験をさらに増幅させていたのである。

盛がフランス領インドシナを訪れたころ、盛の中ではからゆきさんの存在は、たいして大きなものではなかった。そのため、彼女たちを醜業婦と呼ぶことにためらいはなかった。しかし、このフランス領インドシナの日本女性たちとの出会いが、その後の盛の作品に大きな影響を与えることになるのである。

盛は、初の短編集の題名を『祖国を招く人々』と決めた。そして、巻頭においた「祖国を招く人々」の付記に次のような文章を添えた。

この「祖国を招く人々」は「青孔雀」と改題して構想をかへた大長編に、機会があれば書きたく思ふ一編である。

「祖国を招く人々」は、大長編「青孔雀」に成長することはついになかったが、盛の自信作であったことは疑いない。筆者は「祖国を招く人」こそ、盛の人柄が文面にちりばめられた盛の代表作であると考えている。

この作品でもう一つ筆者を捕らえたのは、お菊たちが懇願して実現した、死んだからゆきさん仲間の墓参りをするシーンである。

ベトナムのからゆきさんに詳しい柏木卓司によれば、徳川鎖国時代にベトナムに移り住んだ日本人町の遺跡やその墓が昭和時代まで残っていて、多くの日本人が訪れては記録に残しているという。盛もその一人であったが、その反面この地で倒れたからゆきさんの墓を訪れたことのある日本人の記録を見かけることは少ないという。

盛は「国境で別れた女」でも、中国・ベトナム国境の町でからゆきさんに頼まれて彼女の友達の墓参りをした場面を登場させている。

日本人が数多く居住していたシンガポールやクアラルンプールでは、早くから日本人会が設立され、その地で亡くなった日本人の共同墓地が開設され、からゆきさんたちもその地に眠っている。しかし、共同墓地に埋葬された幸運なからゆきさんは数でいえば少なく、ほとんどのからゆきさんは、山野の一隅に仲間のからゆきさんに見送られて埋められただけだった。

立てられた木製の卒塔婆は朽ちはて、土饅頭は雑草に覆われ、いつの日か墓であったことすら忘れ去られる運命にあった。仲間のからゆきさんもいつ他の地へ追いやられるかもしれない。死んだら最後、いずれ誰も訪れることもなく、忘れ去られる墓であることをからゆきさんたちは痛いほど知っていた。

盛の描写は、望郷の念を抱きながら異国の地で果てざるを得なかったからゆきさんや、明日はわが身と墓参を欠かさないからゆきさんたちの切ない胸の内を、彼女たちに代わって、冷酷な日本に向かって訴えていた。

盛は「気まぐれ者揃」と題して、インドシナの変わり者の女たちにも言及している。石山ホテルの「おいし婆」もその一人である。

ハイフォンのおいし婆さんは植民地気質にあふれた面白い人物の代表格である。年は五十、巨大な体で身寄りの無い後家さんだ。郷里長崎を出て幾十年。向こう気が強く、警察でも税関でも手腕を利かせ、日本領事でもとても及ぶところではない。雲南省で覇を唱えた中国軍人唐継尭が、家族とともにハイフォン経由で日本に亡命しようとしたとき、石山ホテルに泊まったことがあった。刺客が来るとも知れないという状況に、「来たら、いっちょうどやしつけてくれまっせう」と、言ってまったく動じなかったほどの女傑だ。

盛は、この女傑に気に入られた。雲南に出かけて一週間後に宿に戻ったら、盛が使っていた一番上等な部屋を再びあてがわれた。盛が出発した翌日に三菱の支店長が宿泊したが、支店長があまりにも横柄だったのか、それとも盛の男気に惚れたものかわからないが、貧乏書生の盛の部屋はそのままにして、支店長には小部屋を提供したという。金を持っているかどうかで客を扱うのではなく、客の心意気で判断をするという、日本内地や台湾では見ることのない、一本筋の通った「おいし婆さん」だった。

「おいし婆さん」とは、田澤が出会ったお雪のことだろうが、柏木卓司によれば本名は石山ヨシのようである。盛も田澤も、名前を明かされたくない彼女の気持ちを汲むだけの優しさがあった。

ハノイで出会った下村洋行の婆さんも女傑だ。名前は知らないが、五十五、六歳のぶくぶく太った体で、おいし婆さんと同じ長崎の出身だ。若いころはシンガポールで活動し、ジャワへも乗り込んだことがあるという。今では旦那と雑貨店を開いているが、日本商品の品質の悪さに憤慨している。日本から輸入される雑貨は、陶器の絵は何が書いてあるかわからなくて、かつ藍色も悪い。漆器などは指で押さえればバラバラにくずれるし、ゴム人形などはすぐに色があせる。製造業者も悪いがこんな商品を許している日本政府も悪い。特に大阪や名古屋製品には一番ごまかしものが多いから、取引はしないようにしている。

「いつか日本に帰ったらそいつらを叩きのめしてやりたい。」と、婆さんはいう。

盛もまったく同じ想いだった。この地において「日本品の声価は零である」のは事実であり、日本人および日本商品の発展・興隆が必要と考えている盛にとっては、耐えられない屈辱を感じさせる状況だった。

十二、ベトナムのからゆきさん

戦前期において、世界に散在していたからゆきさんのことを、各種旅行記から拾い上げた宮崎謙二の『娼婦　海外流浪記　もうひとつの明治』[34]や、柏木卓司の「戦前期フランス領インドシナにおける邦人進出の形態」[35]、「ベトナムのからゆきさん」[36]によれば、フランス領インドシナのベトナムでは明治の早い時期から、からゆきさんの姿が見かけられたという。

柏木は、フランス領インドシナにからゆきさんが渡航してきたのは、一八八四年から翌年にかけてハイフォンやハノイへやってきた女たちが最初だと推測している。明治四十一（一九〇八）年にはハイフォンに開業二十一年の醜業営業者がいたことが判明しており、一九一一年にはハイフォンだけで貸席倶楽部に五十九人、それに無職や居住申告のない日本人が七十五人いたという。そして、そのほとんどの日本人がからゆきさんか、からゆきさんの関係者だった可能性が高いという。

明治三十七年（一九〇六）年、一人の日本人僧侶がインドに赴く途中にハイフォンに上陸した。長崎県島原大師堂の広田言証である。島原は多くのからゆきさんの故郷であり、言証師は彼女たちから厚く帰依された僧侶であった。大師堂にはからゆきさんをはじめとする海外在住日本人からの寄進が集まり、天如塔の建設費などをまかなうことができた。その言証師が、インドへの巡礼を思い立ったのである。

この広田言証の生涯を紹介した愛知県立大学教授の倉橋正直は、『島原のからゆきさん　奇僧・広田言証と大師堂』[37]の中で、言証師がインドへの旅を思い立った理由は、仏のお告げを聞きたいという思いと、海外で苦悩するからゆきさんへの

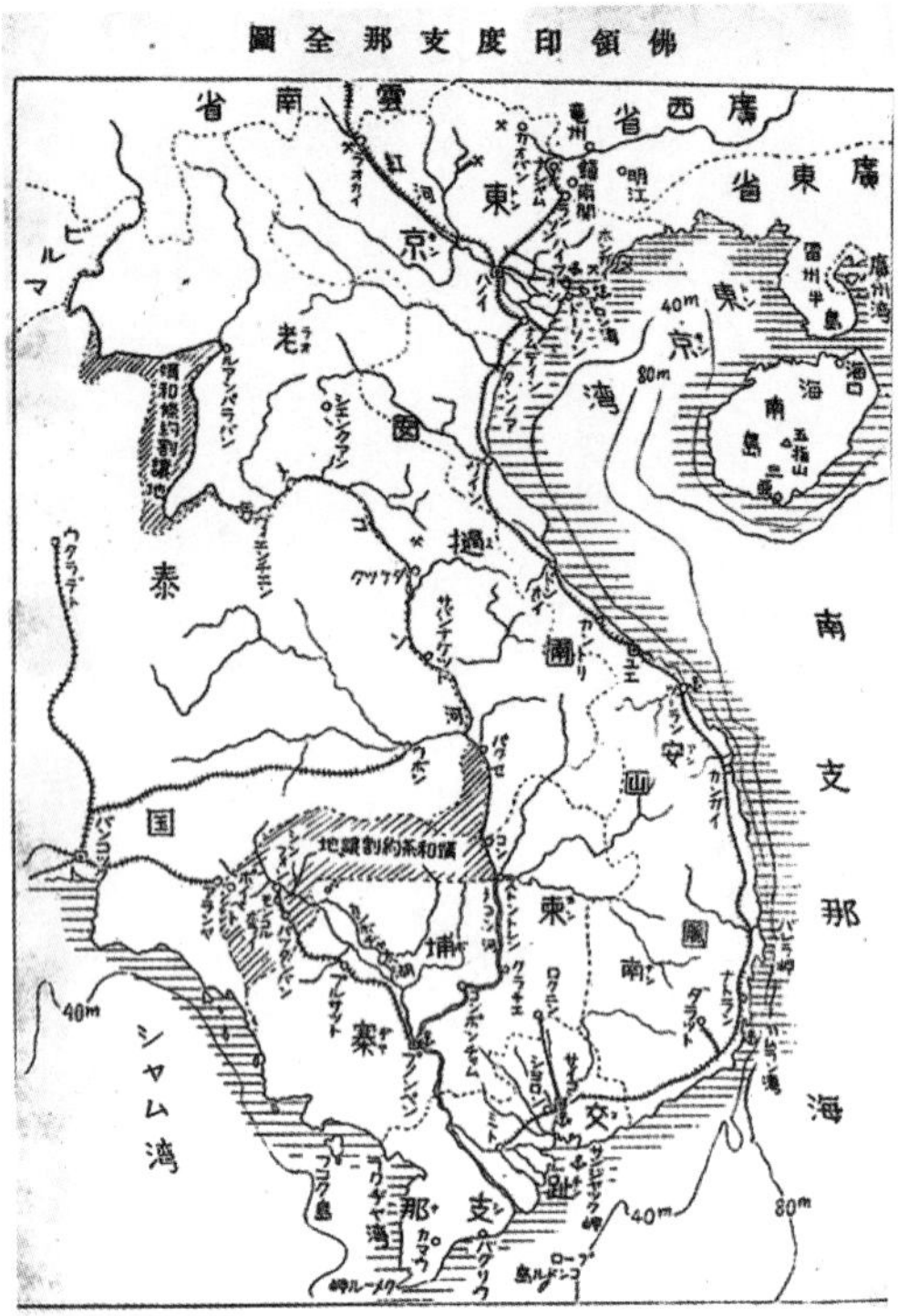

仏領印度支那の地図
（『佛印研究』皇国青年教育協会　昭和16年）

想いがあったのではないかと推測している。

倉橋が調査した言証師の手記によれば、ハイフォンに上陸した言証師は、トンキン（ハノイ）に住んでいた高谷マサの元に赴いた。高谷マサの名前は、大師堂の天如塔の玉垣や石柱に、「金六十円　阿南トンキン　高谷マサ」、「金百円　アナン東京市　高谷正」と二箇所にわたって刻まれている。彼女が寄進した総額は百六十円で、寄進全体の千八百四十円のうちでは、ずば抜けて高額だったという。

天如塔の玉垣に記された、海外在住の日本人の名前は百三十二人。うち現在の地名で言えば、ベトナムは二十六人を数え、二〇％を占めていた。最も多かったのは、マレイシアで三十四人、シンガポールが二十五人、インドネシアとビルマがそれぞれ十四人と続いた。フランス領インドシナの二十六人は、トンキン、ハイホン（ハイフォン）、ツウラン、サイゴンからの寄進で、寄進者の半数以上が女性だった。

高谷マサは、日清戦争のときにハノイに単独渡航して財を築き、その後故郷の知り合いを呼び寄せるなどして成功した、フランス領インドシナの女傑として知られた人物で、後に下村洋行の主人と結婚する。盛がハノイで出会った下村洋行の豪快な婆さん、その人であった。

その後、言証師はハイフォンの墓地二箇所で死者を弔うために施餓鬼を営んだ。「祖国を招く人々」では、女たちが「私」に友人の墓に詣でて欲しいと懇願したが、からゆきさんをはじめとする日本人の墓地は、いたるところに存在した。

言証師は、その後に訪問した東南アジア各地でも日本人墓地を訪れては、その地で亡くなった日本人を供養した。

マサが久しぶりに島原に一時帰国したときに、言証師に会いに行ったが不在だったことを報じた『大阪朝日新聞』は、

　この女が、トンキン（仏領安南）で何をしているか。それはどうでもよろしいが、とにかく今日、二、三十万の財産を持って、向こうでは自動車を乗り回している。三年に一度は日本へ帰って、大浦の宏大な邸宅へ入るのだ、年は四十六、七だが、海外出稼ぎの女としては指折りの「成功者」だという噂だ。

と、やっかみとも皮肉とも思われる記事を掲載している。[38]

明治四十二（一九〇九）年、南洋を旅した竹越与三郎は、フランス領インドシナを訪問する前に、新嘉坡《シンガポール》でからゆきさんを見かけた。シンガポールでは賭博が盛んで、その賭博場に出入りする日本女性の姿だった。

同行の人余に告げて曰く、是有名なる日本の売笑婦にして彼らは其の身体を汚して獲たる凡てを賭博に失す。亦人生悲惨の策減地にして、此よりジャヴァに行き、緬甸に行き、スマトラに行き、亞弗利加に行く。マレー半島のペラックの如き已でに八百人ありと云ふ。彼等は常初多くは悪棍の誘戒する所となりて、奴隷の如くに転売せらると雖も久して後其業に慣れ、自由を得て故国に帰ることもあるも、又来たりて売笑を事とす。

而して此頃は己を売るの悪棍無しと雖も情夫のために苦しめられて、終生浮むの機会なし。

世間或は是を途絶する道無しと云ふものありと雖も必ずしも然らず。苟も当局にして日本国民の体面と憐むべき同胞の命とを顧みて之れを杜絶せんとせば、該殖民地の官憲は必らず相当の助力を与えて悪棍を検挙するに吝ならざるべし。

知人の話として、竹越はからゆきさんはマレー半島のペラックに八百人のからゆきさんがいることを聞いた。事実、明治四十五（一九一二）年の資料によれば、ペラックを含むマレー半島およびイギリス海峡植民地（現在のマレイシア）に在住していた日本人は二千八百九十人でうち女性が千七百十六人、シンガポールは千四百七十五人の日本人のうち八百十六人が女性で、両地域とも女が男を大幅に上回っていた。

これら女性の大半は、からゆきさんだと推測されているが、明治末期のシンガポールには、中国人と二分する日本人売春街が存在し、また竹越が指摘するように女たちの集散の地でもあった。しかし、竹越はからゆきさんたちの活動地域へ立ち入ることもなく、関心も同情心も無かった。同様に、シンガポールの後に訪問したフランス領インドシナでも、百人以上も居住していたからゆきさんについて記すことはなかった。

一方、フランス領インドシナにおけるからゆきさんの在住範囲は、サイゴン（現ホーチミン）、ハイフォンをはじめ、海岸都市を中心に全国に広がっていった。

大正初めにフランス領インドシナを訪れた梶原保人は、『図南遊記』[39]で日本人の動静について触れた。

盛が後に勤務することになる台湾新聞の主筆を務めていた梶原は、大正元（一九一二）年九月に台湾を出立。アモイ、香港、ジャワ、シンガポールを経て馬来半島を縦断し、サイゴンに上陸した。この地には知り合いもいないので、日本人のもとを訪問しようとホテルの客引きに尋ねると、「日本人の外にインド人も居る」と、意外な回答が返ってきた。この地では、日本人と言えば、日本婦人、からゆきさんを意味していた。

フランス領インドシナ第一の商都であるサイゴ

ンには、日本人商店は一軒もなく、日本人は理髪店に数名と郊外に河合某がゴム園を経営しているのを除くと、酒屋と七、八十名の醜業婦だけだった。

ただ、この地の日本名誉領事サリージ氏は「本物の領事よりも却て熱心で、親切で日本人の利益を図る人」として聞き及んでいた。この領事は日本人が不当に扱われた時には、総督にまで談判してくれるほどの人物で、「天長節（天皇誕生日）には、日本人にさへ軽蔑さるる醜業婦までも全部自邸に招待し、夫婦心を共にして、慇懃に接待すと。僕は此の話を聞いて涙の零れる程嬉しく感じた。」

ハイフォンに到着すると、高梨峯吉という人が出迎えてくれた。予定では横山正修が出迎えてくれるはずだったが、所要のため来られなかったので、「不潔、不潔」と高峯がいう自宅に連れて行ってもらった。梶原もうすうすは悟っていたが、大きな立派な家には十四、五人の日本の女がいた。最盛期であった日露戦争のときには、四十人もの女たちがいたという。高峯夫妻は、天ぷら、鯛の刺身など山海の珍味でもてなしてくれたが、食事だけはお世話になることにして、コンメルス・ホテルに宿をとった。

海防《ハイフォン》で高梨氏の宅に屡々御馳走に招かれ、所謂日本の娘さんを観察する機会を得た。第一の印象は、天草や島原の漁夫の娘にしては、思ひしよりも嫖緻が佳いと云ふことで、第二の観察は田舎からポント出が多い丈けそれ丈け順良で蓮葉女が少ない事であった。聞けば男子で親元に送金する者は殆どないが、彼女等は盆と師走には必ず多少宛送金するさうである。そこで僕は大に同情心を惹起した。けれども彼女等が送金する為め、日本の海外負債を幾分か償済し得るからとて、日本婦人の海外醜業を賛成は為し得ぬ。又僕は彼女等の送金に依りて日本に正金が這入ると欣ぶ程の意気地無しじゃ無い。亦彼女等が瘴煙毒霧後に男児に先んじて侵入したと其の勇気を称揚する価値もないと思ふ。

唯だ其の事情や、又其の心得を聞いて深き同情を表しないでは居られなかった。世間或は米人でも佛人でさへも醜業を営むからと、醜業婦を弁護する人があるが、それは外人でも泥棒するから、泥棒は悪いことでは無いと云ふに等しである。而して彼女等の多数は不幸なる境遇に、少数派悲惨なる末路に淪落する事を深く記憶せねばならぬのである。

ハイフォンには四十二人の日本人がいた。フランス人のもとで農園を管理している東京和佛法律学校卒の横山正修が日本人会長を務め、横山の元に農学校を卒業した日本人監督が二人。保田雑貨店と旅館が一軒。それに妓楼が一軒（高峯）とフランス人の妾となっている女が七、八人だった。

ハノイまでは鉄道の旅だった。到着した停車場には、渡邊七郎と和田富雄の二人が迎えに出ていてくれた。連れて行かれた渡邊の店は、渡邊洋行と大きく書かれた看板のある商店で、所狭しとばかりに日本雑貨があふれている。

ハノイには、法学士高月一郎がフランス人と農場を経営しているほか、学識人が多く野崎、青柳の二人が高月とともにある事業の調査のために派遣されている。フランス学者牧野豊三郎は当地の東洋学院の顧問であり、美術学校出身の石川季彦と石川三千雄は元河内工業学校の教授だったが、今は独立してそれぞれ漆器と鋳造業を営んでいる。和田富雄農商務省練習生の外には、渡邊七郎、山田宇一、山田宇太郎の三氏の雑貨店に、菓子屋がある。旅館は鮫島旅館と古屋旅館がある。

妓楼は、三軒あって日本娘が五十人、ほかに洋妾十五人がいる。男子は二十七人だけである。フランス人の妾となった女たちは、「醜業婦上がりで而して根っから学問などがあるわけでもない」にもかかわらず、「一旦外国人の妾となるや懇切に主人に仕へ堅く貞節を守るので」、洋妾《ラシャメン》の評判はすこぶる良いという。

日本醜業婦を娶る者は上流社会では勿論無い。止むを得ざる者が止むを得ず之を娶るのであるが、日本の醜業婦さへも、学問地位ある仏蘭西の夫人にさへ優るところがあると聞き、僕は何とも謂ひ難い感情がむらむらと起こり、獣類だと思って居た醜業婦が可哀想になって来た。
梶原は、長崎と並んでからゆきさんを多数海外に送り出した熊本出身のクリスチャンだった。それだけに、同郷の女たちの境遇に胸を痛めた。
救世軍を率い、からゆきさんたちの境遇を憐れみ、その撲滅を訴えた山村軍平は、『社会廓清論』（大正三（一九一四）年）の中で、「海外醜業婦」の章を設けて海外に於ける日本女性の状況を訴えた。そして、雑誌『新公論』からの引用として、サイゴンだけで日本人女性百九十二人が居住していたことを伝えている。[40]
大正八（一九一九）年に南洋を旅行した衆議院議員上田彌平衛も、フランス領インドシナのサイゴンを訪れ、日本人の動静について述べている。[41]

西貢在留邦人は約四十名に過ぎず。若し例の娘子軍を加ふる時は、九十名を数ふべし。重なる商店は三井の外殆んど挙ぐるに足るもの無く、其最も多きは理髪職にして到る処日本人の理髪店あるを見たり。概して手工に属する職業は日本人の特長とせらるるも、理髪業にては未だ以て邦人の海外発展を期するに遺憾ならずとせず。

サイゴンに在住している日本人は約四十名。からゆきさんまで含めるとその数は九十名になるという。日本人の有職者のうちでは床屋が一番多かった。しかし、エリートである衆議院議員上田にとって、からゆきさんは「正当な」日本人として数える対象になってはいなかった。
長年にわたり、香港からフランス領インドシナに出張したことのある前田寶治郎は、大正十三（一九二四）年に刊行した南方研究第二書『仏領印度支那』[42]の中で、同地における日本人勢力の伸張に触れた。

最近の印度支那における邦人一般の状態は、戦時貿易の体勢に乗じ、一時非常の勢を得て伸張し、西貢、海防、及河内に於ては、我有力なる貿易業者及鉱山業者の派出員多く、又

競ふて孰れも支店出張所代表者を派出して、物資買付並に本邦製品の直接販路拡張に腐心したる結果、我が対印度支那貿易は、

著しい発展を見たが、第一次世界大戦後の恐慌で、進出した日本企業の支店は次々に閉店し、「現在に於ては僅かに二三の有力なる商社を除くの外は、在来の定住者」が残留しているだけの状況だった。そして、繁栄を誇った妓楼も

日本人の遊廓ありて、四、五軒の貸席ありしも、昨年四月を以て全部撤去せられ料理屋に転業せり。

と述べている。

一九二三年四月、フランス領インドシナにも遂に廃娼の波が押し寄せ、国内の日本人から蔑まれながらも、異郷の地で生き抜いてきたからゆきさんたちは、表向きは消えざるをえないことになったのである。

日本植民協会が刊行した『移民講座第四巻　南洋案内』[43]は、フランス領インドシナへの移民情報の中で、在住日本人の状況を伝えている。それによれば、一九二八年に在住していた日本人はサイゴンに百二十三人、ハノイに十九人、ハイフォンに五十二人、南定に二人、安南に一人の計二百二十八人だった。

一九三〇年には四百五人に増加した日本人の職種の内訳は、農業が男十八人、女一人、鉱業が女一人、工業が男二十一人、商業が男九十六人、女二十三人、交通業が男四十二人、公務及び自由業が男十七人、女三人、家事使用人が男一人、女十四人、その他の職業が男二人で、残りの百六十六人は無業（無職）で、その内訳は男三十三人、女百三十三人だった。

此の女の中には如何はしき商売をなしてゐるものが大部分である。斯様なことは、日本全体の恥づべきことであり、将来とも注意を要し何等かの具体的方法に依って改善しなければならぬ。

少女時代に拉致や誘拐されてこの地に来た、教育も無く手に職すら持っていなかった地方出身のからゆきさんたちは、廃娼が決定されたからといって、貧しい日本の故郷に帰ることもできず、またその地に留まっても正規の職業に就けるはずも無かった。残された道は、外国人か現地の人の妾になるか、地下にもぐって私娼として生きていくしか方法はなかった。

昭和十二（一九三七）、入江たか子主演の「からゆきさん」が、木村荘十二監督で映画化された。原作者は鮫島麟太郎である。

筆者は、この映画を鑑賞する機会にまだ恵まれていないが、封切り時に映画館で配布されたパンフレットによると、途中までのストーリーは次のとおりである。

明治の末に、長崎県の波無村から外国の石炭船に身を沈めて南洋に渡った女性たちが、大正時代になって異郷でためた小金を持って故郷に帰ってきた。一時も忘れることができなかった祖国、悲しい屈辱の半生を耐え忍んで、帰ってきた村だったが、故郷の村人の視線は冷たいものだった。村は相変わらず貧しく、今もからゆきさんを送り出していた。

村には、田舎に似つかわしくない赤レンガでできた火葬場や、二階建ての公会堂などがあった。これらはいずれも、からゆきさんたちが送金した金で建てられたものだった。

しかし、村人たちは、このような行為は、からゆきさんが犯した罪の償いだとみなして、感謝の言葉は聞かれない。

ユキ（入江たか子）は、オランダ人との間にできた息子アントンとともに帰国できたが、ほとんどのからゆきさんは、子供を産むことができない体になっていた。

「蹴られ、踏まれ、それでも黙々と忍んできた女、ユキは村の為に公会堂を寄付したが、その落成式の日、波無村に捨てられたのだ。」

ユキの息子アントン少年だけが、ユキはもちろんのこと、子どものいない元からゆきさんたちの希望の星だった……

映画「からゆきさん」のパンフレット。写真は入江たか子

公会堂の落成式の日に何が起きたのかを、このパンフレットは語らない。「波無村に捨てられた」ユキの身に、何かとんでもないことが発生したのだろう。

パンフレットは、こうも歌う。

からゆきさん
貴女の指は雲南の翡翠で
貴女の襟は木曜島の真珠で飾られているのに
貴女の琥珀色の皮膚は悲しそうだ！

貴女がいくらお金持でも
町の人々は貴女が
安南の町で
暑いシンガポールで、西のサイゴンで
貴女が何をしたか知っているのだ

貴女の瞳に宿る広々とした貿易風の色と共に
その「悪行」は貴女の胸に澱のやうに
溜ってゐるにちがひない

人々は貴女方の前額に「からゆきさん」と、
烙印する
だが、その「悪行」は本当に貴女方がした事
か！！

少女時代に日本を離れたからゆきさんにとって、夢にまで見た故郷は、安住できるところではなかった。世間の見る眼は想像を超えるほど厳しく、海外での「悪行」は社会や政治のせいではなく、個人の責任とされたのである。

時雨音羽が作詞した、映画「からゆきさん」の

主題歌「からゆきさんの唄」は、三番でこうも歌う。

踊る白波　おどる胸
はるばる帰る　ふるさとは
唐から帰ったからゆきさん
人は冷たく　身は細く
空の陽までが　目に痛い

松島詩子が歌ったB面に入った「さらば愛児《いとしご》」では、息子アントンとの別離のシーンも登場する。ユキの最後が本当に気がかりである。

「日本へ堂々と大手を振って帰られる旦那が羨ましくてなりませんや」と、「祖国を招く人々」の濱野が叫んだように、未だ海外にいるからゆきさんたちは、こうした国内の人々の冷酷な対応を伝え聞き、帰るに帰られない状況に置かれていたのである。

昭和十年代初め、一人の日本女性が飄然と佛印（フランス領インドシナ）北部の町ハイフォンに現れた。洋画家の長谷川春子である。春子は、『女人藝術』を主宰した長谷川時雨の妹だった。陸軍から絵を描くように命を受けた時に、画材を求めて南支那を従軍するほど活動的な女性だったが、この佛印への旅が軍と関係あったのかは明らかではない。

春子がこの地を訪れた時には、日本軍が駐留を進め、フランス植民地政府との間に緊張感が高まっている時期だった。そのため、フランス植民地政府を意識して、得意のスケッチは控えめにしたが、春子は自由闊達に現在のベトナムを歩き回った。

ハイフォンでは、石山夫妻の経営する日本館に泊まり、ハノイでは総領事の世話になった。春子の来訪を機会に、総領事夫人がハノイに在留している日本人女性の懇親会を開催してくれ、二十人足らずが集まってくれた。総領事夫人を除いて役人の夫人たちは治安上の理由から全員帰国し、民間人でも残っている若い婦人は四、五人のみである。あとは「佛印を死に場所に根を据えている」女ばかりで、しかも「女傑」が多い。フランス人の妻となっている女性も二、三人いて、中にはワイン問屋を経営してフランス総督官邸がお得意だという人もいる。

以前は、この地にも若い日本女性が多くいたが、「かう云ふ働く女も近頃は年増ばかりになって了った。久しい間日本から後続部隊が繰り出してこない、来られなくなったのだ。」だから、この地に在留する女性は「みんな身の固まった主婦ばかりで、若いひとり身で邦人の労苦を慰めて呉るような娘さんはひとりもいない。」と、春子は言う。

この会合には出席できなかったが、幼児のときに母親に日本から連れられてこられた一人の女性は、「なかなかの美人」でフランス人のコーヒー農園主の妻に納まったが、夫の死後は大地主となり、ハノイに現れるとフランス総督夫人以上の人気であるという。一方、「世にも運の悪い女もあって、佛人にも日本人にも身の固まる機会を失って邦人の家で老ひの身を働いてゐるさびしい身の上の人もないではない」が、ハノイ在住の日本人女性は、仲良く助け合っているらしい。

フランス領インドシナ在住の日本人女性は、ハイフォンにももう少し多くいることを春子は聞いている。戦火が近づく中、日本人の多くは帰国したが、春子の出会ったこれらの女性の多くは、帰国を拒んでいた元「からゆきさん」だった。

昭和十五（一九四〇）年九月十八日午後、ハノイ総領事からフランス領インドシナに住んでいる日本人に緊急連絡が発せられた。

事態ニ鑑ミ在河内《ハノイ》帝国総領事管内全在留邦人ニ対シ引揚ヲ命ズ

フランス植民地政府の意向に反し、日本軍はインドシナへの進駐を要求し、事態はにわかに緊急を要した。そのため帝国総領事は不測の事態に備え、在留邦人の退避を命じた。この報を受けた日本人は、大急ぎで荷物をまとめ、指定された出航地のハイフォンへと荷物を乗せたトラックを走らせた。

九月二十二日午前十時、骨をインドシナに埋める覚悟をしていた女傑を含め、全在留邦人を乗せた八海丸は、日本の軍艦の見守る中、インドシナ海から錨を引き上げ、後ろ髪をひかれる思いで日本へ向かった。翌二十三日、日本皇軍は北部国境からフランス領インドシナに進出し、日本軍のインドシナ進駐が本格化した。[44]

「ベトナムのからゆきさん」を書いた柏木卓司は、大正時代にハノイに渡り、終戦まで日本との取引に従事した松田敏にインタビューしたことがある。インドシナの日本人について松田から「不幸な同胞を見捨てる日本人はインドシナには一人もいなかった。それにからゆきさんたちはその過去はともかく、皆いい人ばかりだった」と聞いた柏木は、「この言葉を耳にしたとき、筆者は何かホッとするものがあった。そういえば、筆者がかつてのからゆきさんと接したことのある人たちを訪ね昔話をきいたとき、最後にその人たちは皆一様に『からゆきさんはいい人であった』と、口を揃えたように言った。」と記している。[45]

十三、絵ハガキにされたベトナムのからゆきさん

鈴木直美さんという方が開いているホームページ「ちょっとアジアへ 東南アジア写真紀行」[46]には、東南アジアに関するたくさんの写真資料が掲載されている。

その中に「ベトナムの謎の日本女性たち」というページがあり、一九〇〇年～一九一〇年頃にベトナムで発行されたと推測される、十六枚の日本人女性の写真絵ハガキが掲載されている。鈴木氏はこのうち十三枚がからゆきさんだろうと推測している。

筆者も鈴木氏の収集には及びもつかないが、同様の写真絵ハガキを六枚（内三枚は鈴木氏のものと同一）を所有している。安藤盛が描くホンガイのからゆきさんから、およそ二十年前に、フランス領インドシナに在住していた日本女性の写真を絵ハガキにしたものである。いったい、誰がいかなる理由でこのような絵ハガキを作成したのだろうか。筆者の所有している六枚の日本女性の写真絵ハガキを紹介しながら、これらの写真の背景を探っていくことにしよう。

絵ハガキ（1）

この写真絵ハガキには、写真面に貼られたフランス領インドシナで発行された切手の上に押された消印にHanoi Tonkinとあり、日付も押されているが、×× 22 JUINと、肝心の年が不明瞭である。鈴木氏も年代は不明としている。写真の下部にはCollection, P. Dieulefils, 53, Rue Jules - Ferry - Hanoiの文字が見える。通信面に文字はなく、投函された形跡はない。

写真の女性は、着物を上手に着こなし、両薬指には指輪をはめ、頭を洋風にまとめた近代的な顔

立ちをしている。ソファに座って撮影したのだろうか、落ちついた雰囲気の女性である。

絵ハガキ（2）

この絵ハガキにも写真面に切手が貼ってあり消印もあるが、判読は不能である。この絵ハガ

フランス領インドシナの
からゆきさん 1

フランス領インドシナの
からゆきさん 2

キは実際に使われたもので仏印国内の宛名が記されている。宛名面にも消印があり、SAIGON-CENTRAL COCHINCHINE、日付は4. 17 SEPTと読み取れるが、その下に07とある。これは一九〇七年九月十七日と読むのだろうか。絵葉書の下部には、Planie, editeur, Saigon 116 - Une Famille japonaise debarquant a SAIGONとある。

登場人物は三人の女性である。一人が椅子に座り、二人が後方に立っている。頭は高島田に結い、いずれも体に合わない袖丈の着物をまとい、右の二人は羽織を羽織っている。三人の視線はいずれもカメラを捕らえておらず、緊張しているようにも見える。顔つきや着物の不釣合いから判断すると、日本から来たばかりのまだ若い（十代？）女性が、先輩から着物を借りて撮影に臨んだような雰囲気である。背景は背の高い植物で、屋外で撮影されている。

絵ハガキ（3）

この絵ハガキにも切手が貼られているが消印はまったく判読できない。絵ハガキ（1）～（3）

の切手は三種とも五セントで同一のものである。裏には Societe Lumiere - Lyon とあるが、Lyon とは、フランスのリヨンのことだろうか。

女性は家の入り口に立ち、横には東南アジアでよく見かける籐製の椅子が置いてある。家の入り口にはバティック風の布が床まで垂らされ、麻？でできた玄関マットが敷かれている。女性は、着物を着こなし、右手にハンカチらしきものを持ち、下駄を履いている。カメラをしっかりと見つめ、余裕すら感じさせるほど落ち着いた感じの女性である。

フランス領インドシナの
からゆきさん３

絵ハガキ（4）

この絵ハガキは未使用である。発行は、La Pagode Saigon で Jennues Femmes Japonaise（日本人の若い女性たち）のタイトルがついている。和服を着た三人の若い女性のうち二人は椅子に座り一人は立ってもう一人の女性の手を握っている。いずれも白足袋をはき、床は網目模様の植物性繊維でできているようだ。目はうつろ気味で十代にも見える女性たちである。

フランス領インドシナの
からゆきさん４

絵ハガキ（5）

この絵ハガキはフランス宛に使用されたもののようだが、郵便物としては使われなかったのか切手は貼られていない。225 B. Tonkin - Femmes

Japonaises habitant le Tonkin（トンキンに住む日本人女性たち）とあり、九人の日本人女性が洋風の建物の前の植物を背景に撮影されている。若い女性四人が籐椅子に座り、後方に立っている女性の右端は女将だろうか、やや歳のいった女性のようにも見える。いずれも高島田に結い、白足袋に下駄を履いている。

フランス領インドシナの
からゆきさん５

フランス領インドシナの
からゆきさん６

絵ハガキ（6）

この絵ハガキは、フランスのパリ宛に投函されたもので、五セントの切手が貼られている。2-9-1912の書き込みがあり、一九一二年に使用されたものらしい。152 Cochinchinae-Saigon、Grande Dame Japonaise（日本の大女将）と説明があり、下部にはCollection Perjade de Laueveze と記されている。

菊のような花を二輪手に持った端正な顔立ちをしている女性であるが、背景からはサイゴンやベトナムを窺わせるものは何もない。日本で販売されていた絵ハガキがサイゴンで複製され、販売されていた可能性も否定できない。

度々登場するベトナム研究家の柏木卓司によれば、一九〇二年の仏領インドシナのハノイには、日本人の写真師で落合という人物がすでに開業していたという。一九〇八年のハノイには、名前は判明しないものの、二人の写真師がいた。一九一三年には、ハノイに写真雑貨商の渡部七郎が店を開いていて、店員池田茂のほか四名が在籍していた。ほかにもハノイには写真技手手島善吾がいて、ランソンにも小田直彦が開業し、森瀬鶴松を店員として雇っていた。

大正八（一九一九）年にフランス領インドシナのハイフォンに勤務し、後に戯曲『牛山ホテル』を執筆した岸田國士は、そのなかで写真師の岡を登場させている。牛山ホテルに出入りしていた岡は、ホテルに定住している日本人の女（からゆきさん）に写真の撮影を頼み込むが、ほとんどの女は嫌がり、撮影に応じてくれる女性は少なかった。

女が体を資本にして海外に進出した（させられた）時代、海外に新天地を見出そうと日本を飛び出した男の職業は様々だった。飛び出したとは言うものの、海外で通用する技術をもった日本人は少なく、多くはからゆきさんに寄生する嬪夫《ぴんぷ》や女衒《ぜげん》か、その手先になるか、日雇い労働者になるかが関の山だった。

しかし中には、商業で身を立てようとした人物や、腕一本で世界を相手にしようとした男たちもいた。腕一本で出来る職業とは、洗濯屋、入歯屋、床屋などの職人とともにカメラひとつあれば営業できる写真屋だった。写真屋は海外で通用する日本人の特技の一つであり、海外で在住する日本人が記念撮影するためにも必要な存在だった。

明治時代に海外で活動したカメラマンについては、松本逸也『シャムの日本写真師』[47]に登場するタイの磯長海洲と田中盛之助や、栗原達男の『フランクと呼ばれた男』[48]に登場するアメリカの松浦栄などの人生が判明している。

筆者も、アフリカ沖インド洋上の小島セーシェルで百年前に写真屋を経営していた大橋申廣を調べたことがある[49]。ベトナムに在住していたからゆきさんを撮影し、絵ハガキを作成したのは、こうした日本人のカメラマンだったのだろうか。

しかし、「牛山ホテル」のカメラマン岡は、女たちを撮影しようとして、ことごとく肘鉄を食わされている。自らの仕事を恥じていた女たちが、こうした写真を積極的に撮ってもらったとは考えにくい。

残されているほとんどの絵ハガキは、フランス領インドシナ内で使用されたものか、フランスなど海外に向けて投函されている。日本国内宛に発信された絵ハガキにはいまだ接していないが、おそらくほとんどなかったものと思われる。それは、絵ハガキのニーズが現地に在住していたフランス人（主に駐留兵士たち）にあったという理由によるものだろう。

見てきたように、フランス領インドシナを旅行し、紀行を残した日本人は少なくない。鈴木氏によれば、フランス領インドシナで発行された、これら「からゆきさん」の写真絵ハガキは市場でかなり流通しているようだが、これらの写真絵ハガキについて書き残している日本人を寡聞にして知らない。

シンガポールのからゆきさん

フランス領インドシナ以外で、からゆきさんと思われる日本女性が絵ハガキにされたのは、シンガポールである。筆者が所有している絵ハガキは、オーストラリアの東南アジア研究家James Francis Warrenが、シンガポールの中国人と日本人の売春について記した〝AH KU AND KARAYUKISAN PROSTITUTION IN SINGAPORE 1870-1940〟[50]の表紙にも使われているものだが、同書にはシンガポールで撮影されたからゆきさんの写真が複数掲載されている。

また、この絵ハガキは〝Singapore 500 Early Postcards〟にも収録されているが、、その絵ハガキには一九〇七年の日付が記されている。[51]

歴史的資料としてみれば貴重な写真絵ハガキであるが、撮影された彼女たちの気持ちを思うと、複雑な心境である。だれが何のために作成したのか。謎は深まるばかりである。

十四、「南洋通」の安藤盛

昭和七（一九三二）年十一月、盛は麻布桜田町に転居した。新居で席の温まる間もない十二月十二日、三百円を懐にした盛は、横浜から南洋就船近江丸で、初めて訪問する南洋群島、いわゆる裏南洋へ向かった。この年には、『海賊王の懐に入る』と『祖国を招く人々』の二冊を出版している。印税も入り、懐も温かかったのだろう。十八日にサイパン、二十三日にヤップ島（現在のミクロネシア連邦）、二十五日にはコロール島（パラオ）に到着。翌年早々に帰国した。

帰国後、盛はこの旅行で取材した内容を、読売新聞に「怪奇と夢幻の南洋」と題して一月二十七日から三十回にわたり連載した。

第一次世界大戦の結果、大正十一（一九二二）年から国連委任統治領として日本が統治するようになったこの地域には、日本人の開拓の手が及びつつあり、サイパンに向かう船上には世界各地から仕事を求める日本人の姿があった。

「私たちは芸者」と、九歳からメキシコを放浪してきたという浴衣に身を包んだ女や、アメリカ生活三十年、その後日本に帰ったが生活の苦しさに耐えきれず、南洋へ逃げて来たという五十三歳の男など、仕事を求める七、八十人の人々だった。

初めて廻った裏南洋地域にも、パラオのコロール島に百四、五十人の日本人の「夜咲く花」がいたほか、日本人の女の姿もあちこちに見られた。しかし、この旅では盛の関心はこうした日本の女には向かうことはなく、現地の女たちの生態に興味をひきつけられた。連載「怪奇と夢幻の南洋」の各回のタイトルは、「『性』に生きるもの」、「チャロモの女」、「野郎万歳の島」、「妻の貸借自由」、「『歓喜』の夜が」、「珍奇な『性学校』」など、現地の人々の性習慣を面白おかしく興味本位に紹介した。日本人の父親に捨てられた女児の話にいたく憤慨することもあったが、かつてからゆきさんに対して見せたような思いやりや優しさは、影を潜めてしまっていた。

三月四日には、「目覚しく勃興する南洋と満洲の産業　南洋群島の新産業」を、東京朝日新聞にも寄せている。[52]

四月から再び南洋旅行に出かけた。しかし、その直前の三月二十三日に、盛は妻よねと協議離婚している。離婚の理由ははっきりしないが、日出男氏によれば、離婚後もよねは安藤家との交際を続けていたそうで、憎みあった末での離婚ではなかったようだ。放浪癖のある奔放な行動と、エロに走りがちな作品に、よねが愛想をつかしたのだろう。

今回の旅行では、サイパン、パラオ、トラック諸島、ポナペ、マーシャル諸島を駆け巡り、現地で暮らす日本人の状況を観察し、六月に帰国した。

五月には、『騒人』に連載した、フランス領インドシナの独立闘争を描いた、「安南革命」を中心にした小説集『南十字星に禱る』を伊藤書房から刊行し、七月には朝鮮と満州を旅行した。朝鮮では兄茂の死を看取ってくれた茂の友人安倍を訪ね、兄と弟の最後の状況を聞いた。

八月には、ビクターレコードから、読売新聞社の宮崎光男との共作でA面「カナカの娘」（歌：小唄勝太郎）、B面「常夏の島」（歌：藤山一郎）のレコードを発売した。作曲は、「シャボン玉」や「てるてる坊主」などの童謡や、「波浮の港」や「東京行進曲」などのヒット曲を作りだした中山晋平である。

ところが、発売されたレコードには作詞者名として読売新聞社が記され、盛の名前はどこにもない。そのためレコードを収録した目録にも「カナカの娘」の作詞者として盛の名前が掲載されることは少なく、ここでも盛は忘却される運命だった。

売れっ子の小唄勝太郎が歌った「カナカの娘」は、盛が訪れたミクロネシア地域の魅力あふれる娘たちをうたったエキゾチックなもので、読売新聞に連載した「怪奇と夢幻の南洋」の二十七回目につづったものだった。盛の詩に宮崎が手を加え

「カナカの娘」の楽譜表紙
（新興音楽出版社）

たものだろうが、日本の男に南洋への甘い幻想を与える歌詞となっている。カナカは、パラオ地域に住む先住民族の人々のことである。

赤い太陽の照る渚
珊瑚礁に砕ける波の音
醒むれば暗に鳩は啼き
酋長の娘の膝まくら
椰子に抱かれた青い月

沖をこぐふね獨木舟
細い舳先のあのむすめ
太平洋の水鏡
逢ひに行きますポナペじま
可愛い男の椰子の小屋

サイパンうしろにヤップ島
跳ねて出てくるカナカの娘
腰蓑重ねさらさらと
あなたと住む島どれにしよ
年は十三恋を知る

一方、後に国民歌手になる藤山一郎が歌った「常夏の島」は、副題に「海の生命線」がついたように、日本が支配する国連委任統治領裏南洋地域への関心を煽る内容だった。これも、「怪奇と夢幻の南洋」で発表したものを一部修正したものだった。

太平洋の蒼空に
紅映ゆる日章旗
白い珊瑚礁に踊る魚
なぎさなぎさに鳥が啼く
裏南洋の日は静か

日本をみなみ海千里
島は一千、月の波
浮いて瞬く島の灯を
綴ぢて護りの生命線
裏南洋の夜は静か

暁告ぐるウラカスの
怒る火柱しづまりて
海の扉に朝日さす
いざや護らん南の
太平洋の生命線

七月から十月にかけて、故郷大分県の『豊州新報』の求めに応じ、「久住山の歌を読みて」などを執筆し、少年時代に過ごした大分の生活を懐かしみながら、振り返っている。[53]

この年、盛の南洋旅行が知れわたったのか、『週刊朝日』、『植民』などからも執筆の依頼があった。

十一月二日には、二度の南洋旅行の紀行を取りまとめて、『南洋と裸人群（カナカゾク）』を岡倉書房から出版した。

旅行が私の生活の半分を最近はしめている。けれど旅行といふものは、学校へ入学したより以上の勉強になるので、かうしてつぎからつぎとつづけてゐるが—南洋諸島を歩いて見て、いかに日本に取って重大なる地位をしめてゐるかがハッキリわかった。

南洋は満洲と共に、日本にとっては重大なる—生命線—だ。しかし、私はその重大なる理由はペンにすることを憚って、南洋の裸人群の生活を記録して、いささか南洋群島を未知の人々に資することにしたものが本書である。

このように、未知なる南洋の裸人群の生活を発表しようとして意気込んではみたが、その意気込みは同書刊行二日後の十一月四日には急速にしぼんでしまうことになった。風俗壊乱の理由で、同書は六ページの削除を命じられたのだ。削除された六ページに描かれたのは、カナカの女が男を楽

安藤盛とパラオ島のカナカの少年たち
（『南洋と裸人群』）

しませる方法や、男が性器を強くする手段などを説明したものだった。

盛の南洋紀行には、海外で活動する日本人の姿が描かれていて、当時の日本人進出の歴史を知る上で、貴重な情報源になっている。しかし、その日本人が相手にする島の女たち、カナカの女の生態に、盛の関心は集中する。そのため、以前にはほとんど見られなかった、エロチシズムを強調するような文章を盛は書くようになっていた。

昭和九年一月、母クラが亡くなった。母の喪に服したためか、この年は海外旅行を自粛したようだ。

一方、筆の方は快調だった。『少年倶楽部』に時代小説を書いたほか、『人物評論』に「新嘉坡（シンガポール）」、『大法輪』に「安南異聞　松本寺建立」にと、新しい雑誌からも声がかかった。

盛が、シンガポールの地をいつ訪問したかはわからないが、シンガポールは先にも述べたようにからゆきさんたちが最も多く住んでいたところだった。そのからゆきさんたちも、一九二〇年、時の山崎総領事代理の廃娼令により、シンガポールで売春を継続することはできなかった。そのため、日本に帰国したものもいたが、多くのからゆきさんは、まだ規制の緩い周辺地域に離散するか、表向き廃業を装ったバーなどに務め、陰で営業するかのいずれかを迫られた。

『新嘉坡』は、一週間前に上海から流れてきたうら若き女性が、そうしたバーで働き、支那人の富豪に見受けされる悲哀を、日本青年との交際を通じて、描いたものだった。

盛は、かつて雑誌『日蓮主義』（三一―三　昭和八年）に、故郷白丹村を舞台にした「生ける祖師像」という村人の信仰物語を書いたことがある[54]。

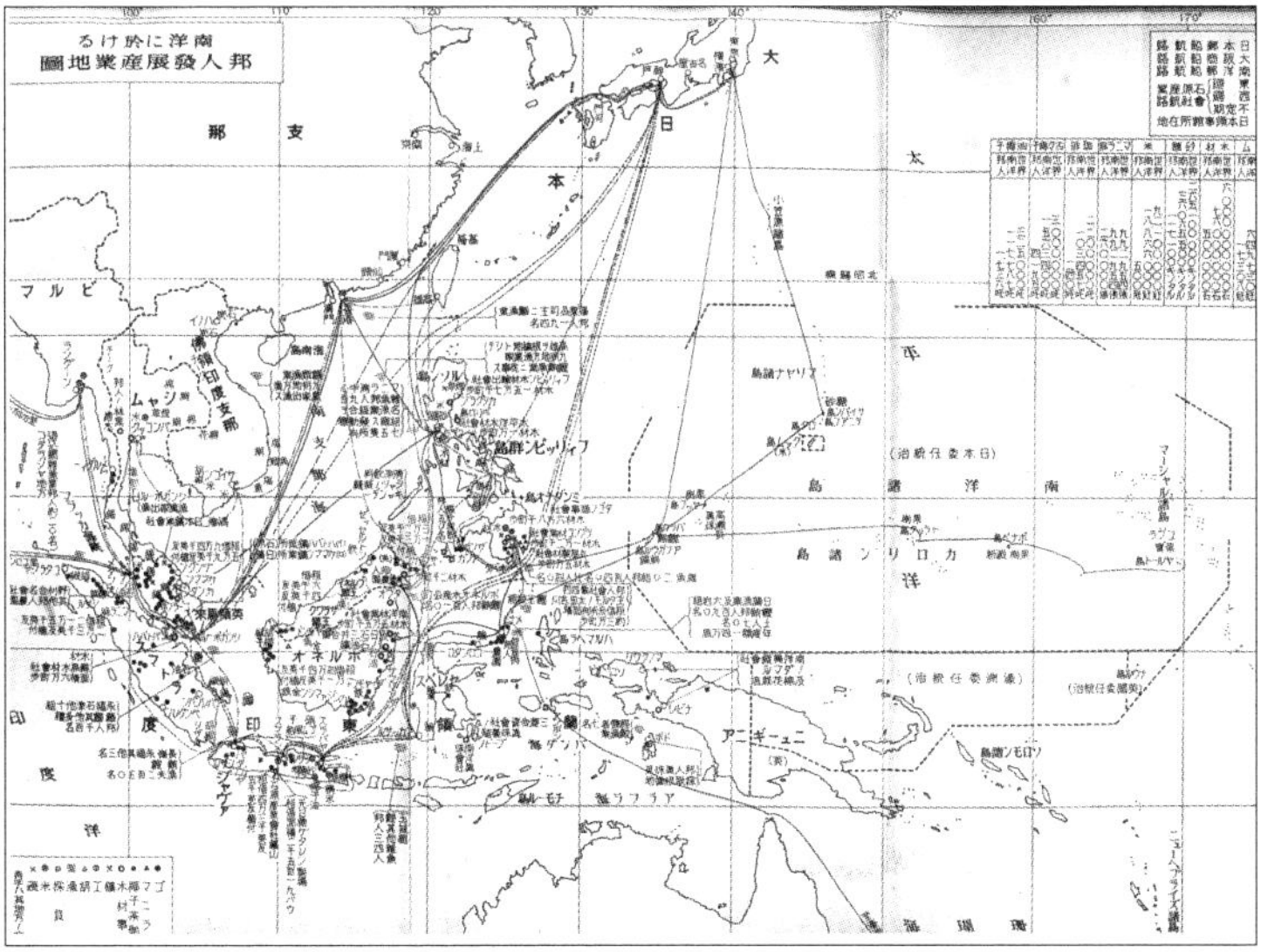

「南洋に於ける邦人発展産業地図」
（山田毅一『南洋大観』平凡社　昭和9年）

日本の宗教に触れた作品は、筆者が把握しているかぎりにおいては、「安南異聞　松本寺建立」と「生ける祖師像」の二作品だけである。

「安南異聞　松本寺建立」は、安南（ベトナム）に、日本人町があった十七世紀の話である。日本との貿易が栄えるにつれ、日本人町の人口も増えた。それに伴い、現地で亡くなる日本人も少なくない。角屋七郎兵衛という人物が、安南に日本人を葬る寺がないのを憂え、独力で松本寺を建立するまでを描いた時代小説で、史実に基づいているらしい。[55]

昭和十（一九三五）年一月、竹内夏積が編集した『世界を描く　随筆五十人集』[56]が刊行された。竹内は、その一年前に政治家、実業家、新聞などを会員にした聞人舎を立ち上げて、同人誌『聞人』を発刊。その一周年記念として、五十人の会員による『世界を描く　随筆五十人集』を刊行した。

執筆した会員と当時の肩書は、尾崎萼堂（政治家）、松岡洋祐（国際連盟全権、前満鉄副総裁）、長谷川如是閑（評論家）、河東碧梧桐（文芸家）、矢野恒太（第一生命社長）、白井喬二（文芸家）、

吉澤謙吉（前外相、貴族院議員）、村松梢風（文芸家）、吉川英治（文芸家）、斎藤博（駐米大使）、室伏高信（評論家）、田中貢太郎（文芸家）、大宅壮一（文芸家）、國枝史郎（文芸家）、清澤洌（評論家）、笠間杲雄（ポルトガル公使）、松江春次（南洋興発社長）など、各界の著名人が名を連ね、盗作事件の久米正雄をかばい続けた文藝春秋社長の菊池寛も有力なメンバーだった。

同書の内容は、海外で起こったできごとを各人が軽い随筆にまとめたものだが、この五十人の随筆の中に、安藤盛（文芸家）の「南洋の月と産業」もあった。

竹内は、聞人会代表会員を務める評論家で、もともとは大阪朝日新聞の記者だった。編著に『松岡全権大演説集』や『支那の全貌』などがある。盛が亡くなった時、葬式の参列者が全員帰った後も、盛の妻ひさを心配して残ってくれるなど、盛を理解してくれた人物であった。

『聞人』については、菊池寛が『文芸春秋』に連載した「話の屑籠」（昭和九年九月）に文章を残している[57]。菊池は、最近の新聞は、弾圧を恐れて穏当な記事しか書かなくなったといい、特に大新聞ほどその傾向が強い。読者はこうした新聞に不満を持っているが、もっと堂々たる異論や反論を掲載してもよいのではないか、と書いて次のように続けた。

この頃、現役予備の新聞人だけでやっている聞人会というのがあり、そこから「聞人」という四ページのパンフレットが出ている。その巻頭に載っている「没羽箭」という寸評は、痛快である。各新聞の寸評も、あの程度まで行ってくれると、我々はもっと頼もしい気がすると思う。もっとも、この「聞人」など発売禁止になっても、二、三十円の損ですむのだから、気楽に書けるのであろうが。

「南洋の月と産業」で、盛は昭和七年の暮に訪問した南洋を舞台に、松江春次の製糖業によりサイパン島の開発が進んでいることを述べた。そして、月夜の晩に行われたヤップ島の青年男女の踊りを見に行ったあと、ヤシの実をすすり、またバナナを食べつつ、夜の更けるのも忘れながら島の大酋長から昔話を聞いたが、その月夜は盛にとって忘れられない一夜になったという話である。このときの情景は、読売新聞に連載された「怪奇と夢幻の南洋」に詳しく描かれている。

昭和十（一九三五）年三月に、盛は夏の國冬の國社を銀座に立ち上げる。四月から、社名と同じ名前の月刊誌発刊を予定し、「『夏の國冬の國』の創刊に際して」を配布した。

「植民地通の文芸家と新聞人」の協力で「従来の御用雑誌とは一線を画して植民地の政治経済への何の遠慮もない爆撃」を目的とした新雑誌であると、その意気込みを表明した。残念ながら筆者は雑誌の現物にまだ接していないが、作家と新聞人によるネットワークを持っていた、盛ならではの新雑誌構想だった。「夏の國冬の國」は、第二号までは出たらしいが、その後のことは不詳である。

七月には、久しぶりにからゆきさんを主人公にした小説「祖国祭」を『日曜報知』に掲載した。この短編小説は、筆者が確認している最後のからゆきさん物語である。「祖国祭」は、本書の巻末に収録したが、その内容は、台湾新聞社勤務時代に行ったフランス領インドシナ旅行の経験に基づいている。

この年の十月、台湾時代の経験をもとにして、『或る討伐隊員の手記』を言海書房から出版した。大正三（一九一四）年五月、台湾総督の佐久間左馬太は、台湾東部の合歓山地域の原住民[58]「太魯閣蕃」三千人を制圧するために、三千百八名の兵士と、三千百二十七名の警察、四千八百四十名の人夫を動員して現地に赴いた。日本統治時代の台湾では、原住民鎮圧のための最大規模の戦争だったという[59]。『或る討伐隊員の手記』は、その戦争に「生蕃の討伐と警備専任の妙な」警察官として参加した加島という男の物語である。

（本書は）戦争小説ではない。それかと云って戦争排撃した意味のものでもなく、ただ野蛮人を対手にして、国民の支援もなく、ただ戦って行く埋もれた「生蕃討伐隊」といふものを、私が台湾でゴロゴロしてゐたときの見聞を材料にして、云はば実話小説にデッチあげたものである。

主人公の加島は、生蕃討伐のために東台湾地域に派遣される。作品には戦いに脅えながら女買いをする場面や、彼をめぐる二人の乙女の恋愛等が描かれる。しかし、総督が戦いの最中に山中でありながら上等な刺身を食べていることに不満を抱くなど、厭戦的な場面や軍部上層部への愚痴が多数登場する。最後は加島が生蕃によって死に至らせられるような場面で終わっているが、加島はこの戦いに疑問を抱いていた。

これまでにも生蕃に対しての政策は第一に武力を恃み、彼等の伝統と生活を二つながら無視して来た。そして、強て日本化さうと圧迫した。文明人からは彼等の文明のレベルに引き上げることが理想であらうけれど、彼等はそこまでに無理に行くとすれば、自分たち民族が形を変えた—滅亡の淵に立つ、それが恐ろしいのだ、悲しいのだ。今まで知らなかった瓢軽な貨幣といふ魔物が、彼等の伝統を無視して、そこに生活様式の大革命を巻き起こす、それにもたへられないのだ—文明人をして物々交換を今日強いたらどうなる。そこに革命の行はれるのは必然だ。そして、生活は根こそぎ持って行かれてしまふのだ。

生蕃たちは民族の滅亡を守るための反抗だった。同じ滅亡するなら飽くまで戦って、行くところまで行け—そうした気持ちにあるらしかった。それを攻撃する隊員の俺、どうしても考へずには居られないのである。

先にも述べたように、盛は地域は異なるが従軍記者として「生蕃」討伐に同行したことがある。台中市の警務課長から誘われた従軍だったが、実は「物好きなくせに度胸のない」盛はおっかなびっくりで警察軍に従った。それだけ真実味があったのだろう。同書は発売直後に、安寧秩序妨害（台湾生蕃討伐隊員の放埒不穏の行動を描写）の理由で発禁処分となった。

発禁処分が出た直後に、盛は三回目の南洋旅行に出かける。今度はテニアン島、ロタ島、サイパン、セレベスなどを回って、日本人の活動状況を調べた。

南洋から帰国して、次の旅に出るまでのわずか一ケ月間を、盛は日本で過ごした。このわずかな期間を縫って、昭和十一（一九三六）年一月二十七日に、盛は倉橋ひさと再婚した。盛四十二歳、ひさは三十歳と、年齢は一回り違っていた。

そして直ちに、パラオ、ニューギニア、セレベス、ダバオなどを訪問する四回目の南洋旅行に出かけた。帰国後には、二十年ぶりに故郷久住を訪問し、秋には沖縄、鹿児島を訪れている。

この年には、六月に『セレベス島女風景　南國の女を探訪する』（第百書房）、八月に『南洋記』（昭森社）、十一月には、『海賊王の懐に入る』を『海賊の南支那』（昭森社）と改題して刊行した。盛は今や絶頂期にいた。

『セレベス島女風景　南國の女を探訪する』は、四十四ページの小冊子で、この三月にセレベス（インドネシアのスラウェシ島）のメナドを訪問したときの現地女性観察の記録である。

メナドは美人の産地として有名で、女たちのたむろする場所も少なくない。近くのピートンでは、カツオ漁をする二百人ほどの日本人が活動しているが、漁獲量が増えるにつれ、オランダ植民地政府は日本人に対する締め付けを厳しくしていた。その日本人と魅力的な現地ミナハサの女たちの間にできたこどもが百二三十人いて、教育も受けられない状態にある。それでも宮城貫道、賀来佐賀太郎（元台湾総督府総務長官）などの篤志家が、ポケットマネーで十五六人の子どもを日本に連れ帰って、小学校教育を受けさせている。こんなことも盛は文に残した。

この小冊子は、出版社が原稿を募集して刊行し、国鉄の各駅売店で販売されたもののようだ。

八月十八日に発売された『南洋記』は、昭和十年に行った三回目の南洋群島旅行をつづったもので、オセアニア研究家の山口洋兒が、『日本統治下ミクロネシア文献目録』の解説で、「五版以上版が重ねられている」と説明したように、盛の著作としては、もっとも売れ行きが良かった。筆者の所有する二冊も、九月十二日に刊行された第五版と、九月十五日刊行の第六版である。

人気歌手の小唄勝太郎が歌った流行歌「カナカの娘」で、少しは盛の名前も一般に知られてきた。それに気をよくして、二匹目のドジョウを狙ったのか、「戀のマーシャル」を作詞し、表紙と裏表紙の両方を使ってその楽譜を掲載した。歌詞の一番は次の通りだった。

召すはバナナかパパイヤか
珊瑚礁を越えて吹く風に
椰子の殻割る斧の音
カナカ娘が大地に涙
帰っちゃいやです日本へ

作曲家は海軍軍楽曹の松下又彦である。松下は太平洋上での訓練中に、この歌を水兵に歌わせたそうだが、今度はレコード化にはいたらなかった。それもそのはず、歌詞の二番から四番までは、「カナカの娘」の一番から三番と全く同じだった。

一番の歌詞は、南洋娘の純情さを歌ったつもりだろう。しかし、早熟のカナカ娘が日本人の男を南洋で恋い焦がれていると、さもカナカ娘が奔放であるかのようにうたっている。「カナカの娘」の歌詞もそうだが、時代に合わせて世受けをねらったとしか思えないほど扇情的な内容で、そこにはカナカの娘たちに対する愛情は少しも感じられない。

この旅では、初めて訪問するロタ島のほか、オランダ領東インド（インドネシア）のセレベス、ニューギニア、それに日本人の手で開発が進むフィリピンのダバオにも立ち寄り、現地で活動している日本人の姿を描いているが、あわせて南洋の女の生態も観察した。同書には、『セレベス島女風景　南國の女を探訪する』も再録されている。

この『南洋記』について、琉球大学の仲程昌徳は、「太平洋は沖縄女性を悲しませる　安藤盛『南洋記』の中の沖縄人たち」[60]で、南洋在住の内地人や内地からの旅行者が、南洋で活動する沖縄人に向けて差別的な発言・表現をする中で、盛一人は「南洋在住の「沖縄の女たち」の「従順」と「沖縄の人己の「剛健な気質と純情」を賞賛」していると、盛の沖縄人に対する優しさを特筆している。

その一方で仲程は、昭和十一年九月二十二日に刊行された『南洋情報　ダバオ特集号』が行ったフィリピンについてのアンケートに対し、盛がこの旅の帰途に立ち寄ったフィリピンのダバオの人々について、次の様に回答したことも「南洋情報とその時代」[61]で紹介している。

比律賓《フィリピン》人に就いての興味との仰せ。私は彼等フィリッピン人がいやにアメリカかぶれして、一つぱしの独立国人のやうな顔をしてゐるのを見ると本当に笑ひたい気持につふまれるのでした。今後あの浮薄なフィリッピン人がどんな風になるかが大きな?でせう。だがフィリッピン人と云っても私の云ふのは蛮人のことでなしに都会に住むいふところのインテリ級です。かくさずに云ふと日本人を小馬鹿にしてゐる態度は怒られもしないではありませんか。

沖縄の人々には見せた優しさはここでは全く消え、植民地下で苦しみ、日本からの進出にも抵抗を試みていたフィリピン人の気持ちを盛は決して分かろうとはしなかった。

盛は、このころ少年雑誌『少年倶楽部』にときどき執筆していたが、『日本少年』（実業之日本社）にも昭和十一年九月号から翌十二年三月号まで「冒険小説　怪城崩れる時」全六回を掲載している。挿絵は富永謙太郎が担当した。筆者の所有しているのは十二年の三月号、つまりこの小説の最終回のみだが、同号には村松梢風も上海を舞台にした連載「武侠冒険　昇る太陽」を書いている。

「冒険小説　怪城崩れる時」は、柔道が得意な商業学校四年生の大内虎雄が、悪漢に誘拐された毒ガス研究家である恩師をオランダ領ジャワで救出するために戦うという冒険物語だった。

昭和十二（一九三七）年一月、盛は『週刊アサヒグラフ』に三回にわたり「海賊記」を短期連載した。『週刊アサヒグラフ』の表紙には、タイトルと盛の名前が大きく掲載された。挿絵は田代光である。

四月五日、つぼみの桜を後にして、盛は横浜か

海外に出発する盛を見送る家族。一番が右が安藤盛、その左が妻ひさ（安藤日出男氏提供）

ら五回目となり、最後の旅となった南洋旅行に出かけた。八丈島から小笠原へと次々に島を渡り、サイパン、パラオ、ニューギニア（インドネシアのパプア州）などを訪れている。

帰国後の七月には、今まで書き溜めていた南洋、支那、満洲について書いたエッセーを取りまとめた『紀行随筆　未開地』（岡倉書房）を刊行し、九月には中国についての短文を集めた『支那のはらわた』（岡倉書房）を出版した。

盛が満洲を最初に訪れたのは、樺太から台湾に渡る途中に立ち寄った大正初めのことだった。その満洲を盛が再訪したのは、兄弟の最後を兄の友人から聞くために朝鮮に赴いた昭和八（一九三三）年のことだった。満洲で盛が関心を持ったのは、この地に生きる日本の女たちのことだった。

中国大陸にも明治の時代から日本の女は存在した。貧しさゆえにからゆきさんになった、ならざるを得なかった女たちである。しかし時代は変わっていた。貧しくも若く新しい女たちが満洲の地を目指していたのである。

かうした若い女性が北安だけでも三百人居るといふ。三年前までは島原女たちが、よごれた紅のモスの腰巻をくるりとめくり、風呂敷づつみを背負ふて「さうじゃけン」「行きまッせうたい、北安の支那人は景気のよかちゅうこッぢやさい」と、北満の天地に活動したものが、昭和七年の事変以来、それに代わって、やや近代味を覚えた若い女が進出してゐる。そして、カフェーの女給として蓄音機で覚えた流行歌を吟んでゐるのだ。島原女の古い型は、かうした女性の行けないところへと押し詰められてしまったと云ってよからう。

元からゆきさんたちは、廃娼令の実施により以前にも増して政府の庇護から見放されていた。その上昭和七（一九三二）年の上海事件を契機に、若い同胞女性が自らの意志で大陸に押し寄せてきたのである。理由のひとつは貧困さゆえだったが、新しい時代の女たちは彼女たちの進出が元からゆきさんたちの職場を奪っていることに気づいてはいなかった。

この夏、『週刊朝日』は、日比谷山水楼で、「座談会　世界の猟奇を語る」を開催し、十月一日号にその模様を掲載した。出席者は、外交官で中東に詳しい笠間杲、支那通の井上謙吉、陸路アジアを横断した武田信近、南方の土俗に通じていた三吉明十と、朝日新聞社出版編輯部長の大道弘雄、そして安藤盛である。大道は盛に進行を依頼し、盛はこの座談会の中心人物で、文中の写真付きの出席者紹介も盛が最初だった。

南洋通。大分県に生まれ大分県立農学校水産科出身。卒業後樺太にて漁業に従事す。以来二十余年北は樺太より満洲、南は台湾、南支、仏領印度、南洋諸島を踏破。殊に南洋方面の事情に精通す。小説、紀行等の著書数種。

座談会は、「回教の多妻主義」、「ビルマは美人国」、「苗族の集団結婚」、「色は黒いが南洋美人」、「広東のエロ尼寺」など、海外民族の珍しい風俗や慣習など、いわゆる「猟奇」的な問題を、海外経験の豊富な出席者が語るという内容だが、盛に与えられた役目は、各地の女やエロについての情報を出席者から聞き出すことにあったようだ。

矢野暢が指摘したように、昭和初期に刊行された南洋書籍は、官庁が発行したものが多勢を占め一般書籍はまだ少なかった。そうした中、すでに

『南洋の裸人群』、『南洋記』、『未開地』と立て続けに南洋ものを発表した盛は、南洋通として名前が通るようになっていた。またそれと同時に、南洋の女に詳しい作家としても扱われていた。南洋旅行を開始してからは、初期の作品には見られなかった、性に関する直接的な、また興味本位な表現が多用されるようになった。

そこには、からゆきさんや底辺で働く日本の男たちを描いたときのような優しさや思いやりはなく、現地女性を物としてとらえようとする、驕った日本帝国臣民という優越感があちこちに見え隠れしていた。座談会では、話をエロに持っていこうとする盛に、出席者が辟易してもいる場面すら見られるのだ。

ところで、紹介欄にも「卒業後樺太にて漁業に従事す」とあるが、座談会で盛は、樺太で漁業に従事したことがある、といっている。『中央公論』に執筆した「鯨・鯨・鯨」で、カニなど獲るよりも、鯨のほうがはるかに効率的であるといっているのは、こうした過去の経験に基づいているのだろう。

十五、早すぎた死

五回目の南洋旅行から帰国してから、盛は体調の異変に気がついていた。気管の調子が思わしくないのだ。人の勧めで、伊豆で保養もしてみたが効果はなかった。そして、十二月十八日には入院する羽目になった。

翌十三年二月には小康を得たが、長期療養の甲斐もなく、六月二十一日、東京麻布桜田町五十六の自宅で盛は息を引き取った。死因は肺臓ジストマ。度重なる海外旅行が壮健な体を蝕んでしまったのだろうか。まだ、四十四歳の若さであった。

盛が亡くなった翌日の『読売新聞』は、次のように盛の死去を告知した。

安藤盛氏　大衆作家安藤盛　氏は廿一日午前麻布区桜田町五六の一自宅で死去した。享年四十四。氏は大分県の出身。早くから支那、南洋等海外の植民地に旅し、わが國植民地文学の樹立者として特異の存在を示し本紙へも「南十字星は語る」「海賊王の懐ろに入る」等を連載した。著書は「或る討伐隊員の手記」其他がある。

二十三日には告別式が営まれ、亡骸は懇意にしていた駿河台の小野鑛造病院長の計らいで、都内の小石川伝通院に埋葬された。戒名は、圖南院仙譽盛大居士である。

小野院長は、損得抜きで盛を支援してくれた友人の一人だった。盛のために入院生活や専門医の招聘など、心ゆくばかりの世話を一家をあげてしてくれた、と盛が所属した「聞人」の代表の竹内夏積は語っている。定職を持たない盛のために、資金的な援助もずいぶんしてくれたようだ。

小石川伝通院の安藤家の墓

千葉の大宮組の親分長島源次郎やその息子種太郎も盛をバックアップしてくれ、また読売新聞社の正力松太郎社長も盛を可愛がり、特別に原稿料の前貸しを認めてくれた。他にも盛に手を差し伸べてくれる人がいたが、「これは、何か彼にそれだけの持ち味があったからである。人間のよさがあったからである。」と、竹内は思う。

その竹内も、盛との付き合いはわずか五年にすぎなかったが、随分と面倒をかけさせられた。盛は、「強情で、向こう張りのつよい、なかなか他人様のいふことを素直に聞かない性質だった」が、妙に竹内とは気があった。盛は死ぬ前に、二人の共通の友人に、「竹内さんは実によく俺のような男の面倒を見てくれる」と、泣きながら語ったそうだ。

竹内が盛の遺品を調べてみると、まだ発表してない原稿が二千枚も出てきた。久米とのトラブルがなければ、もっと作品は世の中に認められたはずだった。ある人が、「葬式に久米正雄が来て香典でもあげれば、人物が大きくなる」と、いったが、久米が来るはずもなかった。

葬式の参会者がみんな帰ったあと、ひさとひさの母親と竹内の三人だけが残った。盛の骨つぼがささやくように思えたので、竹内は骨壷を抱いてやった。元気だったあの男が、辛くなるほど軽くなってしまっていた。[62]

盛が葬られた小石川伝通院は、徳川家康の生母於大の方の菩提寺として著名な名刹で、盛の墓所の数メートル先には、明治の思想家杉浦重剛も眠っている。ひさから頼まれ、今は日出男氏がこの墓を守っている。

盛の亡くなる直前、『週刊朝日』六月一日号は、盛が海外で出会った女たちの気丈さを紹介した「異郷情話　女挺身隊物語」を掲載した。挺身隊とは、身を挺して戦う軍隊を意味するが、盛は女挺身隊をからゆきさんの異称として使った。その『週刊朝日』は、盛の遺稿を七月三日号に「南支那奇習めぐり」、九月二十五日号に『海洋綺譚島王の夢』と、二回掲載してくれ、その死を悼んだ。

昭和十四年四月、最後の著作『南洋の業火』が紫文閣から刊行され、昭和十一年に刊行された『南洋記』が、興亜書院から復刊された。

昭和十五（一九四〇）年、盛が作品掲載の場として活動していた、東洋協会の『東洋』四月号は、盛の遺稿「回教と南洋 日本人よ反省せよ」を掲載した。残された二千枚の原稿のうちから、友人の誰かが選んで掲載を依頼してくれたのだろう。

盛が回教（イスラム教）について書いたのは、これが初めてではない。オランダ領東インド（インドネシア）を訪問して、イスラム教に触れた後、昭和十年に雑誌『雄弁』八月号に「百萬圓の豚肉」を書いている。インドネシア人の富豪の娘と結婚した日本人が、イスラム教徒が忌避する豚肉をひそかに食べたために、家から追い出されるという無知を描いたものだ。

昭和十二年には、『東洋』五月号に「南洋回教風景」を書き、インドネシアなどの「南洋では、回教を軽視するな」と、説いてもいた。

遺稿「回教と南洋 日本人よ反省せよ」は、亡くなる前年の十二年の十月に執筆され、インドネシアで活動する日本人の、イスラム教についての無関心と無知を鋭く指摘した。そして、イスラム教徒の慣習を学び、「彼らの宗教と、民族性を尊重してやることも忘れてはならぬ」と結んでいる。

盛の妻ひさ（久子）は、昭和十五（一九四〇）年八月五日に、昭和八年に刊行された『南洋と裸人群』を『南洋の島々』と改題して岡倉書房から発行した。しかし、同書は「南洋土人の性生活に関する記事」が風俗壊乱であるという理由で、即日発禁処分となった。同じ内容の『南洋と裸人群』は、六ページだけの削除だけで免れたが、今回は発行禁止である。時代は急速に規制が強化され、性的描写に対しても厳しくもなっていた。

妻のひさが盛の死後に刊行し、即日発禁となった『南洋の島々』（京都府立図書館蔵）

ひさが、数ある盛の著作の中で、なぜ『南洋と裸人群』選んで再刊に踏み切ったのかはわからない。しかし、この発禁が原因なのであろう、同書はひさが甥日出男氏に託した十冊の著作の中には含まれていなかった。[63]

ひさから盛の著作の復刊を頼まれた、甥の日出男氏の追憶も鮮明なものではない。盛が四十四歳で亡くなった時、日出男氏はまだ小学校に入学した頃で、旅行で不在がちだった伯父については、広い大きな家で『少年倶楽部』を読むように勧めてくれた姿以外は、ほとんど記憶にない。しかも、その『少年倶楽部』に伯父が執筆していることを知ったのは、盛の死去からずいぶん経ってからのことだった。

ひさと盛の結婚生活も一年半と短かく、そのためひさも盛の若いころのことは知らず、残された遺品もほとんど戦火で失ってしまった。ひさが日出男氏に託した遺品は、十冊の著書のほかには、数葉の写真と旅先からひさに送った数枚の絵ハガキだけだった。

日出男氏の父正も、この兄については何も語ろうとはしなかったという。戦前期においては、発行禁止の書籍を刊行するような人物は、実直な家族にとっては、許しがたい家の恥として他言することは憚られたのだろう。

盛は、長いことイがぐり頭で通した。日出男氏の元に残された写真や、著作に挿入された写真は、すべていがぐり頭である。

死の前年に開催された『週刊朝日』の座談会のときには髪の毛を伸ばしているが、その風貌から初対面の吉川英治に、「この人は大酒飲みだ」と思われたこともある。海外ではしばしば軍人と勘違いされたり、怪しい奴と警察に付きまとわれたりしたこともあった。

長谷川時雨と三上於菟吉夫妻は、盛の顔が退役陸軍大尉のような面構えだといって笑った。友人の竹内は、「あの色の黒い、目のくぼんだぎろりっとした、そして元気な口の悪い」男と表現した。その男が、火葬場で白い骨になったのである。盛は、この風貌で酒が全く飲めなかった。

農業学校水産科中退という学歴のハンディ・キャップを背負いながら、ジャーナリズムと文壇に身をおき、どちらも一流になることができずに忘れ去られた安藤盛。それでも、多くの友人が盛を支援した。

時代が風雲急を告げるなか、兄弟の多くが早世し、一族の期待を担って家督を継いだ盛だったが、自由に生きるこの放浪作家は、家族の理解はもちろんのこと、世間の人々が理解するには、あまりにも奔放な短い人生だった。

しかし、盛が書き残したからゆきさんの肉声は、物質的に豊かな現在の日本人に、日本の近代化の過程で忘れ去られた歴史の一コマを呼び起こす「叫びの声」として記憶されるに違いない。

おわりに

筆者が安藤盛の『祖国を招いた人々』に出会ったのは、十五年ほど前のことである。当時筆者は国際協力事業団（現在の独立行政法人国際協力機構ＪＩＣＡ）に勤務し、初めての著作『アフリカに渡った日本人』のなかで、「アフリカのからゆきさん」を執筆中だった。そのため、からゆきさん研究の先駆者である山崎朋子や森崎和江の著作を読み漁っていた。

からゆきさんをはじめ、明治時代にアフリカに渡った日本人は、シンガポールなど東南アジアを経由して来た人たちがほとんどである。もともとアフリカに限らず日本人の海外発展に関心があったこともあり、折に触れては東南アジア旅行記などを古書店などで漁っていた。そのようなときに、筆者は本書に出会ったのである。

山崎や森崎の労作は、帰国したからゆきさんや現地に居残った年老いたからゆきさんが味わった辛苦を掘り下げたものだった。しかし、盛の作品は、盛が直接出会ったからゆきさんの当時の生の状況を描いたものだった。盛が出会ったからゆきさんは、世間で国辱と呼ぶような人々だけではなかった。「国内に金をもたらすから国益だ」、と揶揄するような存在でもなかった。明るく、けなげに、かつしぶとく生きていた、どこにでもいるような普通の日本の女たちだった。

日露戦争が発生した時に、からゆきさんたちが日本政府に多額の献金をした事実はよく知られている。

それが国益といわれる一つの所以だ。故郷に公会堂が必要であれば、映画の「からゆきさん」たちは村に金を送った。長崎の寺に寄進したのもからゆきさんたちだった。それにも関わらず、国内の人々は冷たい視線を彼女たちに浴びせ続けた。日本の近代化を海外からの送金で支えたからゆきさんたちは、故郷からも、日本の歴史からも抹殺された。望郷の念は日増しに募っても、帰るに帰れない状況を愛する祖国は作っていた。彼女たちが祖国に手を差し伸べて招けば招くほど、愛する祖国はそれを冷たく拒絶した。

死んでしまえば、誰も訪れることのない墓に眠り、文字通り異国の土と化してしまうことをからゆきさんは知っていた。十代で女衒に拉致されたまま、帰国もかなわず、死ぬまで家族に会えない人たちも無数にいた。

幸せな家庭を築いた人たちもいただろう。しかし、故郷に帰ることができた人も地獄を味わい、年老いて居場所が定まらなかった人も地獄をさまよった。そうした海外にいたからゆきさんにあたたかい手を差し伸べたのは、ほかならぬ現地に住みついた日本人や地元の人々だった。

国内では海外醜業婦とさげすまれ、「正当」な日本人として認められなかった、このからゆきさんを、盛は一人の人間として描いた。盛にしてもからゆきさんに出会うまでは、いや大正十年にフランス領インドシナで出会った時ですら、これらの女性を平気で醜業婦と呼び、蔑んでいた。

盛は、ジャーナリストから文学者に転向した。理由は定かでないが、日本に伝わるからゆきさんの情報と、彼が出会ったからゆきさんの心根にあまりのかい離があるのに驚いて、心が動かされたのではなかったか。日本に届くことが決してなかった、からゆきさんのその哀れでけなげな心情を国内の人々に筆で伝えるためではなかったか。

盛が発表したのは実話小説である。「祖国を招く人々」で見るように、書かれているすべてが事実をもとにしているわけではなく、現実と作品の間に時代的な差も生じている。誇張や創作が加わっているのも言うまでもない。しかし、無告の人々の声なき声を強く私たちの心に訴えるためには必要な技法だったのだろう。

からゆきさんに対して温かい同情の念を持つ一方、盛の中国人、朝鮮人、台湾人、安南人などに対するに態度は冷ややかである。四十四歳の人生の後半は、盛の関心は南洋に向き、日本人統治下にある現地の人々にたいしても、驕り高ぶった態度をとり続ける。

盛もやはり時代の子であったのである。


筆者は現在中部大学国際関係学部で国際協力について教鞭をとっているが、飽食の時代に育ち、何事にも内向きになりがちな学生に、開発途上国の現状を伝えることは至難に近い。

本書が、日本近代化の過程において忘れ去られた歴史や、現在の開発途上国の抱える課題について、少しでも若い世代に考える機会を与えることができたとしたら、筆者としては嬉しい。


本書の執筆にあたり、資料を提供していただいた安藤盛の甥安藤日出男氏に特に感謝申し上げたい。また、国会図書館、日本近代文学館、神奈川近代文学館、滋賀県立大学図書館、京都府立図書館などが所蔵する書籍・雑誌などを利用させていただいた。しかし、盛が各種雑誌に執筆した分量は膨大なものと思われ、筆者が利用できた資料はごく一部に過ぎない。

なお、本書には現在適切な使用と思われない差別用語や語句が多用されているが、歴史の資料として用いたことをご了解願いたい。

註

1 盛の故郷である県立大分図書館には、日出男氏の近親者が寄贈した同書が所蔵されている。

2 「安藤盛を探る（一、二）海賊と南洋美女に惚れ込んだ謎の作家」『日本及日本人』二〇〇三年盛夏号、二〇〇四年新春号

3 山口洋兒『日本統治下ミクロネシア文献目録』風響社　二〇〇〇年

4 矢野暢『「南進」の系譜』中公新書　一九七五年

5 矢野暢『日本の南洋史観』中公新書　一九七九年

6 『移民講座第四巻　南洋案内』日本植民協会　一九三一年

7 例えば、『海賊王の懐に入る』P.39

8 例えば、『支那のはらわた』P.40

9 国会図書館「全国新聞総合目録データベース」による。

10 東亞研究所資料課刊行の『南方地域文献資料目録　追加第四輯　昭和十八年一月至六月』には、「安藤盛『南支那と印度支那（見たままの記）』大正十一」が、追加記載されている。

11 東京大学大学院法学政治学研究科附属近代日本法政史料センター明治新聞雑誌文庫には台湾新聞の大正三年九月～昭和十年五月までの数十日間分が収蔵されていると聞くが、筆者は未確認。

12 小野高裕、西村美香、明尾圭造『モダニズム出版社の光芒　プラトン社の一九二〇年代』淡交社、二〇〇〇年

13 後藤均平によれば、この松本とは『東亜先覚志士伝』に掲載されている松本敬之（熊本県出身）のことだという。

14 文藝時報社、第三十五号及び三十七号

15 村松梢風『現代作家傳』新潮社　一九五三年

16 西口紫溟『地球が冷えたらどうしよう』博多余情社　一九六三年

17 Spring 号　新評社　一九八三年五月十日

18 「一流編集者往時を語る」人物往来社　一九七五年
19 『女経』解説（中公文庫　一九七五年）
20 村松梢風　前掲
21 河原功「日本統治期台湾での「検閲」の実態」財団法人交流協会　二〇〇五年九月
http://www.koryu.or.jp/08_03_03_01_middle.nsf/1384a27fc6686a1a49256798000a62f6/77705d89f07cf29349257392001 1a4ba/$FILE/kawaharaisao2.pdf
22 『少年倶楽部名作選　第三巻』（講談社　一九六六）には、このうち「名馬朝月」と「情の一騎打ち」が再録されている。
23 A・E・リリアス著、大木篤夫訳『南支那海の彩帆隊　南支那海賊船同乗航行記』最新世界紀行叢書　博文館　一九三一年
24 神坂次郎「海魔風雲録」『勝者こそわが主君』（新潮社　一九九五年、新潮文庫　一九九八年）
25 岩橋邦枝『評伝　長谷川時雨』筑摩書房　一九九三年、尾形明子『女人藝術の世界　長谷川時雨とその周辺』ドメス出版　一九八〇年
26 吉見周子『売笑の社会史』雄山閣出版　昭和五十九年
27 尾形明子『女人藝術の世界　長谷川時雨とその周辺』ドメス出版　一九八〇年
28 「シャムのおかつ」については、大場昇が『からゆきさんおキクの生涯』（明石書店、二〇〇一年）で紹介しているが、盛の肩書きは演芸評論家となっている。
29 菅野力夫のこと。大正・昭和時代に世界を歩いた旅行家。
30 圓地文子『南の肌』新潮社　一九六一年
31 日本映画データベース　http://www.jmdb.ne.jp/1932/bh003640.htm
32 田澤震五『南国見たままの記』白藤社　大正十一年
33 岸田國士「牛山ホテル」『現代日本文学全集三十三』筑摩書房　一九六〇年
34 宮崎謙二『娼婦　海外流浪記　もうひとつの明治』三一新書　一九六八年
35 柏木卓司「戦前期フランス領インドシナにおける邦人進出の形態「職業別人口表」を中心として」『アジ

ア経済』三十一―三　一九九〇年
36 『歴史と人物』十月号　一九七九年
37 倉橋正直　『島原のからゆきさん　奇僧・広田言証と大師堂』　共栄書房　一九九三年
38 倉橋正直　「からゆきさんの遺跡―島原の大師堂」、「広田言証師のインド仏跡巡礼紀行―彼の『手記』の紹介」、「島原市の大師堂への寄進者の初歩的調査―「からゆきさん」研究の基礎資料」（愛知県立大学文学部論集四十、四十一、四十二。（一九九一、九二、九三年）
39 梶原保人　『図南遊記』　民友社　一九一三年
40 山村軍平　『廓清論』　警醒社　一九一四年、中公文庫　一九七七年
41 上田彌平衛　『南洋』　一九二一年
42 南方研究会　『仏領印度支那』　一九二四年
43 日本植民協会　『移民講座　第四巻　南洋案内』　東方書院　一九三二年
44 井出浅亀『佛印研究　資源の王国と安南帝国』皇国青年教育協会　一九四一年
45 前掲『歴史と人物』
46 「ちょっとアジアへ　東南アジア写真紀行」http://www4.big.or.jp/~naomy/asia/index-j.htm
47 松本逸也　『シャムの日本写真師』　めこん　一九九二年
48 栗原達男　『フランクと呼ばれた男』　情報センター出版局　一九九三年
49 青木澄夫　『アフリカに渡った日本人』　時事通信社　一九九三年
50 Oxford University Press Pte. Ltd., Singapore, 1993
51 Cheah Jin Seng〝Singapore 500 Early Postcards〟Editions Didier Millet, Singapore, 2006
52 神戸大学付属図書館デジタルアーカイブズ
http://www.lib.kobe-u.ac.jp/das/jsp/ja/ContentViewM.jsp?METAID=00501559&TYPE=HTML_FILE&POS=1&TOPMETAID=00501559
53 日出男氏版『南海の業火』に所収
54 日蓮宗現代宗教研究所編『日蓮宗布教選書　第十六巻　信仰生活篇＊信仰物語』同朋出版　一九八三年

55 「安南松本寺釣り鐘と泰特通貨」金永鍵『印度支那と日本の関係』冨山房　一九四二年
56 『随筆　世界を描く　五十人集』立命館出版部　一九三五年
57 「菊池寛アーカイブ」http://www.honya.co.jp/contents/archive/kkikuchi/hanashi/hanashi-9-09.html
58 日本では、「原住民」は差別用語とされるが、現在でも台湾では一般的に使用される。そのため、ここではこの言葉を用いた。
59 呉密察監修『台湾史小事典』中国書店　二〇〇七年、台湾経世新報社編『台湾大年表』（台北印刷昭和十三年刊の複製　緑陰書房　一九九二年）
60 仲程昌徳「〈南洋文学の中の沖縄人像　五〉太平洋は沖縄女性を悲しませる：安藤盛『南洋記』の中の沖縄人たち」『日本東洋文化論集　No.四』琉球大学法文学部　一九九八年　http://ir.lib.u-ryukyu.ac.jp/bitstream/123456789/2368/1/No4p63-83.pdf
61 仲程昌徳「『南洋情報』とその時代」琉球大学法文学部『日本東洋文化論集　No.八』琉球大学法文学部　二〇〇二年　http://ir.lib.u-ryukyu.ac.jp/bitstream/123456789/2384/1/No8p1-35.pdf
62 竹内夏積「瀧山閣から　骨を抱く」聞人会『聞人』一九三八年七月十一日付第百五十三号（安藤日出男版『南海の業火』に所収）
63 『別冊太陽　発禁本　明治・大正・昭和・平成　城市郎コレクション』（平凡社　一九九九年）には、『或る討伐者の手記』と『南洋と裸人群』が発禁本として掲載されている。

祖《そ》國《こく》祭《さい》

安藤盛
田代光畫

明日《あす》を待《ま》つ日《ひ》

小雨《こさめ》は朝《あさ》から音《おと》もなく降《ふ》つて、それが大《おほ》きなゴムの葉《は》や、椰子《やし》の葉《は》に辷《すべ》つて玉《たま》になり地上《ちじやう》へ落《お》ちて來《く》ると、そこで初《はじ》めてポトリと音《おと》を立《た》てゝ、赤《あか》や黃《き》色《いろ》な玉《たま》になつてもう一度《ど》音《おと》を立《た》てる。それは地面《ちめん》に低《ひく》く咲《さ》き亂《みだ》れたカンナの花《はな》に映《うつ》ふからだつた。

萩原祥三《はぎはらしやう》はもう三十分以上《ぷんいじやう》、ホテルの二階《かい》の窓《まど》へよりかゝつて、その雨《あめ》を眺《なが》めてゐた。このホテルは日本《につぽん》の女《をんな》が經營《けいえい》する、小《ちひ》さなものであつたが、日本人《につぽんじん》が主人《しゆじん》だといふところから、佛領印度支那《ふつりやういんどしな》の港《みなと》海防《ハイホン》に上陸《じやうりく》する大抵《たいてい》の日本人《につぽんじん》は、フランス人經營《じんけいえい》の立派《りつぱ》なホテルがいくつもあるのに、さうしたものには目《め》もくれず、このホテルへ汽船《きせん》から一直線《ちよくせん》にトランクを持《も》ち込《こ》むのであつた。

『萩原《はぎはら》さん、何《な》んばそんなに考《かんが》へとりなさる。下《した》へ來《き》なさらんか、皆《み》んなトランプばしとりますがな。』

開《あ》け放《はな》された室《へや》の入口《いりぐち》から、このホテルの女中《ぢよちう》ともつかないで働《はたら》いてゐるお松《まつ》が、耳飾《みゝかざり》の眞珠《しんじゆ》をきら〳〵させて、浴衣《ゆかた》の胸《むね》をはだけて聲《こゑ》をかけた。萩原《はぎはら》は振《ふ》りかへつて、そのお松《まつ》の熱帶《ねつたい》の太陽《たいやう》に灼《や》けて、蒼《あを》黑《ぐろ》くなつた顏《かほ》を見《み》た。

『雲南《うんなん》のこツかなンか考《かんが》へとりなさるとかい。あんたは雲南《うんなん》ぢや、支《し》

（昭和10年7月21日発行『日曜報知』 報知新聞社）
＊田代光（1913～1998）の挿絵の掲載については、出版美術名作文学文化振興会代表鶴岡義信氏のご協力をいただいた。

那《な》人《じん》の別嬪《べつぴん》のよかのがあるちゆうこツちやございまツせんか。かくしなさるな、何百哩《なんマイル》はなれた土地《とち》に居《ゐ》なさつたとて、日本人《につぽんじん》は日本人《につぽんじん》のこツがなつかしゆうて、噂《うはさ》を誰《だれ》か持《も》つて來《き》て聞《き》かしてくれ、聞《き》いたら忘《わす》れまツせんたい。』

　お松《まつ》は島原言葉《しまばらことば》でまくし立《た》てた。そして、早《はや》く階下《かいか》の女將《おかみ》の室《へや》へ下《お》りて來《こ》いと、喋《しやべ》るだけ喋《しやべ》つてスリツパの音《おと》を立《た》てゝ廊下《らうか》へ消《き》えた。

　萩原《はぎはら》はこの放浪《はうらう》の女《をんな》のうしろ姿《すがた》を見送《みおく》つてゐると、男《をとこ》と女《をんな》とこそちがへ、お松《まつ》の姿《すがた》はまた自分《じぶん》の姿《すがた》であるやうな淋《さび》しさに打《う》たれて來《く》る。

　萩原《はぎはら》は齒醫者《はいしや》だつた。齒醫者《はいしや》というても日本《につぽん》で齒科《しくわ》を正式《せいしき》に學《まな》んだものでなく、二十の年《とし》から三年《ねん》ばかり、長崎《ながさき》の齒醫者《はいしや》の弟子《でし》になつて、技工《ぎこう》だけ覺《おぼ》えたとき、遠緣《とほえん》の女《をんな》がこの佛《ふつ》領印度支那《りやういんどしな》で、支那人《しなじん》の妾《めかけ》になつてゐるのが、こちらへやつて來《こ》ないかと、旅費《りよひ》まで送《おく》つて來《き》たので、ふらふらと青年《せいねん》の呑氣《のんき》にまかせ渡航《とかう》して見《み》ると、佛領《ふつりやう》では日本人《につぽんじん》の生活《せいくわつ》が政《せい》治的《ぢてき》に壓迫《あつぱく》され、どうにもならないことを、その遠緣《とほえん》の女《をんな》は知《し》らないで呼《よ》んだので、

『ちつとも氣《き》がつかなかつた。』

　と、旦那《だんな》の支那人《しなじん》へ賴《たの》んで、支那《しな》領雲南高原《りやううんなんかうげん》の都《みやこ》、雲南省城《うんなんしやうじやう》へ行《ゆ》くことになり、こゝで支那人對手《しなじんあひて》に齒《は》醫者《いしや》を開業《かいげふ》した。開業《かいげふ》して見《み》ると、日本《につぽん》の先生《せんせい》といふところから、ひどく流行《りうかう》して、五年《ねん》ばかりのうちに思《おも》はない金《かね》は儲《まう》かつたが、僅《わづ》かしか日《に》本人《ほんじん》が住《す》んでゐない雲南省 城《うんなんしやうじやう》では、同胞《どうはう》の女《をんな》との戀《こひ》もできないので、年《とし》若《わか》な萩原《はぎはら》は、年《ねん》に一度《ど》か二度《ど》は海防《ハイホン》へ汽車《きしや》でやつて來《き》て滯在《たいざい》した。海防《ハイホン》には日本《につぽん》から密航《みつかう》して來《き》た女《をんな》が五六十人《にん》居《ゐ》た。さうした女《をんな》たちと、酒《さけ》を飲《の》んで遊《あそ》び戯《たはむ》れて、飽《あ》いて來《く》ると、また、雲南《うんなん》へ歸《かへ》つて行《い》つて、支那人《しなじん》の口《くち》へ金齒《きんば》を叩《たゝ》きこんだ。それが萩《はぎ》原《はら》の生活《せいくわつ》であつた。

　今度《こんど》やつて來《き》たのは、この海防《ハイホン》の日本領事館《につぽんりやうじくわん》で、天長節《てんちやうせつ》の遙拜式《えうはいしき》に參《さん》列《れつ》するためであつた。一年《ねん》に一度《ど》の天長節《てんちやうせつ》は、放浪《はうらう》の日本人《につぽんじん》たちにはこのうへもない樂《たの》しみだつたので、どんな苦勞《くらう》しても、何處《どこ》からか女《をんな》たちが五人《にん》、三人《にん》と現《あらは》れて、そこゝの安旅館《やすりよくわん》に十日《か》も二十日《はつか》も前《まへ》から泊《とま》つて、その日《ひ》をたゞ待《ま》つてゐた。

　その日《ひ》は明日《あす》である。萩原《はぎはら》の心《こゝろ》も何《なに》がなしに躍《をど》つた。遠《とほ》き祖國《そこく》を思《おも》ひうかべて、放浪《はうらう》の同胞《どうはう》が一日中《にちぢう》、歌《うた》つたり踊《をど》つたりして、一年《ねん》の苦《くる》しさ、悲《かな》しさを忘《わす》れてしまつてから、忘《わす》れかけた日本《につぽん》の姿《すがた》を、記憶《きおく》を辿《たど》り辿《たど》り物語《ものがた》る日《ひ》であつた。

『萩原《はぎはら》さん、そぎやんすましとりなさらんと、こゝへ來《き》なさらんか。』

『ほんなこつ。この齒大工《はだいく》め、こつち來《き》なさいな。』

　隣室《りんしつ》から二人《ふたり》の女《をんな》が、扉《ドア》のところから首《くび》を並《なら》べてつき出《だ》して呼《よ》びかけた。お才《さい》とお鳥《とり》といふどつちも二十三四の、體《からだ》のづんぐりと丸《まる》い女《をんな》だつた。五日前《かまへ》からラオス王國《わうこく》の大山脈《だいさんみやく》を象《ざう》の背中《せなか》で越《こ》えて來《き》た肉《にく》の放浪者《はうらうしや》である。

　下品《げひん》なその體《からだ》へ、ダイヤの頸飾《くびかざり》やプラチナの腕輪《うでわ》をはめてゐた。これは現金《げんきん》を持《も》たないラオスの蠻地《ばんち》の蠻人《ばんじん》たちから、肉《にく》の代償《だいしやう》として取《と》つた貞操《ていさう》の破片《はへん》だつた。

『がや〳〵と喧《やかま》しい女《をんな》ばかりだなア。』

　さうは云《い》ふものゝ、人《ひと》なつかしい、感傷《かんしやう》につゝまれた萩原《はぎはら》は、女《をんな》たちの部屋《へや》へ入《はひ》つて行《ゆ》くと、お鳥《とり》はズロース一つ、左肩《ひだりかた》から乳《ち》へかけて、朱入《しゆい》りの櫻《さくら》の刺青《ほりもの》の肌《はだ》をむき出《だ》してゐた。お才《さい》は支那絹《しなぎぬ》の赤《あか》い腰卷《こしまき》一つで、ぺたんと床《ゆか》に坐《すわ》つて、各々《おのおの》、トランクをかき廻《まは》してゐた。

『そこいおかけなさい。明日《あした》、領事《りやうじ》館《くわん》の遙拜式《えうはいしき》へ着《き》る着物《きもの》をそろへてるところですたい。長《なが》いことトランクへ入《い》れたまゝ、このホテルのお母《かあ》さんへ預《あづ》け放《はな》しにしとりましたけンな。』

　お鳥《とり》は萩原《はぎはら》を見仰《みあふ》いで云《い》うた。

『かびが生《は》えてるかわからないぞ。』

　萩原《はぎはら》も椅子《いす》へかけて、前《まへ》かごみにトランクを覗《のぞ》いた。

『さう。二年《ねん》もこつちい出《で》て來《こ》なかつたけン、着《き》れるかどうか――出《で》たとこ勝負《しようぶ》ですたい。』

　お才《さい》は油紙《あぶらがみ》をがさ〳〵音《おと》させてひろげた。そして、黑絽《くろろ》の裾模樣《すそもやう》の紋《もん》附《つき》を取《と》ると立《た》ち上《あが》つてひろげた。裾《すそ》

に金繍《きんしう》の鶴《つる》が二羽《は》舞《ま》うて、小雨《こさめ》降《ふ》るうす昏《くら》い窓《まど》から射《さ》す光線《くわうせん》に光《ひか》つた。

『こぎやん立派《りつぱ》な着物《きもの》を、毛唐《けたう》や土《ど》人《じん》に着《き》て見《み》せたちやわかりません。第《だい》一、勿體《もつたい》なかたい。尊《たふと》いお方《かた》さまの御《お》寫眞《しやしん》を拜《をが》むのに、穢《けが》れたもんを着《き》ちやァ、そこでなァ萩原《はぎはら》さん、妾《わたし》たちのやうな女《をんな》が、三百人《にん》からウロウロしとりますが、ふだん、こぎやん着物《きもの》を着《き》るもンは一人《ひとり》もありませんたい――どう。どうもなつちやゐなかろ、お鳥《とり》さん。』

お才《さい》はうれしさうに、素肌《すはだ》へその着物《きもの》をひつかけてうしろを向《む》いて見《み》せた。

『どぎやんもなつとらん、妾《わたし》のはどうぢやろか。見《み》ておくれ。』

お鳥《とり》も唐草模樣《からくさもやう》の着物《きもの》をひつかけて立《た》つと、うすい青味《あをみ》がゝつたその着物《きもの》をすかして、朱櫻《しゆざくら》の刺青《ほりもの》が刺繍《ししう》のやうに透《す》いて見《み》えた。

『さうぢや。もうつくりかへにやならん。萩原《はぎはら》さんへ日本《につぽん》のデパートへ註文《ちうもん》の手紙《てがみ》を書《か》いてもろうて、爲替《かはせ》を入《い》れて送《おく》つとこ。さうすりや、來《らい》年《ねん》、こつちい出《で》て來《き》たときや、着物《きもの》が着《つ》いてるよ、お才《さい》さん。』

『だけどなァお鳥《とり》さん。考《かんが》へちみると、來年《らいねん》、達者《たつしや》でこゝへ出《で》て來《こ》られるかどうか考《かんが》へると――』

『そぎやんよわかこつでどうする。日本《につぽん》に歸《かへ》りや醜業婦《しうげふふ》ちゆうち、惡口《わるぐち》叩かれる妾《わたし》たちでも、立派《りつぱ》な日本人《につぽんじん》。いつまでも生《い》きてゝ遙拜式《えうはいしき》だけは缺《か》かしたくないぢやないか。領事館《りやうじくわん》へ來《き》て、お寫眞《しやしん》を拜《をが》んだ年《とし》は、何《な》んとなく元氣《げんき》が出《で》るぢやないか。なァ、萩原《はぎはら》さん。』

お才《さい》は、口《くち》でかういふものゝ、裾《すそ》模樣《もやう》の着物《きもの》を胸《むね》へ抱《だ》いたまゝ、力《ちから》なくうなだれてしまつた。

『さうだ、弱《よわ》い音《ね》を吐《は》くな、元氣《げんき》を出《だ》すんぢや。僕《ぼく》たちは元氣《げんき》がなくなつたときこそ、もう、お終《しま》ひだぞ、しつかりしろよ。』

萩原《はぎはら》はかういうたが、それは二人《ふたり》へ云《い》ふといふよりも、自分《じぶん》で自分《じぶん》の心《こころ》をはげます言葉《ことば》でもあつた。

朝《あさ》の感《かん》激《げき》

『もう、起《お》きんかな。領事館《りやうじくわん》へ出《で》かける時間《じかん》が、あと一時間位《じかんぐらゐ》だよ、萩《はぎ》原《はら》さん。』

お鳥《とり》が室《へや》の外《そと》で聲《こゑ》をかけた。萩原《はぎはら》はふつと眼《め》をさますと、お鳥《とり》が裾模《すそも》樣《やう》の着物《きもの》に丸帶《まるおび》、白足袋《しろたび》のきちんとした姿《すがた》で扉《ドア》を開《あ》けて這入《はひ》つて來《き》た。

――前夜《ぜんや》、お鳥《とり》にお才《さい》。それからこゝへ泊《とま》つてゐる放浪《はうらう》の女《をんな》五人《にん》とお女將《かみ》とで、夜《よ》の更《ふ》けるまで酒《さけ》を飲《の》んで、日本《につぽん》の話《はなし》をしたのであつた。萩《はぎ》

原《はら》は慌《あわ》てゝベッドからはね起《お》きると、熱帶《ねつたい》の秋《あき》の太陽《たいやう》は輝《かゞや》かしくカーテンの隙《すき》から流《なが》れこんでゐた。

『いゝ天氣《てんき》だなア。』

萩原《はぎはら》はカーテンを開《あ》けかゝつた。

『天皇陛下《てんのうへいか》の御威光《ごゐくわう》ぢやないか、外國《ぐわいこく》ちゆうても、日本晴《にほんば》れになりますたい。』

『おゝ――』

カーテンを開《あ》けた萩原《はぎはら》は、感激《かんげき》に充《み》ちた大聲《おほごゑ》を立《た》てた。そして、窓《まど》を押《お》しあけて、窓枠《まどわく》にしがみついて息《いき》を詰《つ》めた。

ホテルの正門《せいもん》のところへ、二旒《りう》の大日章旗《だいにつしやうき》がひるがへつて、空《そら》をはたいてゐた。日《ひ》の丸《まる》の紅《べに》は、白毫《びやくがう》の光《ひかり》のやうに、尊《たふと》く萩原《はぎはら》の眼《め》にしみた。いつも見《み》る日章旗《につしやうき》とはちがつた神々《かうがう》しさが市街《しがい》の椰子《やし》やビルマネムの、青《あを》い水々《みづみづ》しい並《なみ》木《き》の上《うへ》へ打《う》ちひろがつて、今日《けふ》の晴天《せいてん》は、この日章旗《につしやうき》が雨雲《あまぐも》を掃《は》き捨《す》てたといつてよいやうな氣《き》がする。

『お鳥《とり》さん。』

萩原《はぎはら》は何氣《なにげ》なく振《ふ》りかへつた。お鳥《とり》は雙手《もろて》を合《あは》せて日章旗《につしやうき》を拜《をが》んでゐた。二人《ふたり》の眼《め》がバッたりと合《あ》ふと、どうしたのか、熱《あつ》い涙《なみだ》がにじみ出《で》て來《き》た。お才《さい》がやつて來《き》て、せき立《た》てなかつたら、二人《ふたり》は一日中《にちぢゆう》そこへ立《た》つてゐたかわからなかつた。

『馬鹿《ばか》々々、馬鹿《ばか》、芽出度《めでた》い日《ひ》に泣《な》く奴《やつ》があるか、馬鹿《ばか》。早《はや》くしなさらんか、萩原《はぎはら》さん、もう、自動車《じどうしや》も來《く》るがな。』

お才《さい》は叱《しか》りつけるやうに云《い》つた。が、お鳥《とり》がだまつて、日章旗《につしやうき》を指《さ》すと、くるりとうしろ向《む》きになつてうなだれた。

萩原《はぎはら》は何《なに》か知《し》ら胸《むね》が一杯《ぱい》になつて朝飯《あさはん》もほしくなかつた。毎年《まいねん》のこの日《ひ》だが、その度《たび》に變《かは》つた感激《かんげき》に打《う》たれる。この日章旗《につしやうき》が堂々《だうだう》と、異國《いこく》の空《そら》へひるがへる間《あひだ》は、日本《につぽん》は健全《けんぜん》なんだ。健在《けんざい》であればこそ、しがない放浪《はうらう》の女《をんな》たちにしても、また、自分《じぶん》にしても、日本人《につぽんじん》といふ誇《ほこ》りの中《なか》に生《い》きて行《ゆ》ける。それがうれしくてたまらなかつた。

『ヤア、お芽出度《めでた》う。』

『今年《ことし》も元氣《げんき》で逢《あ》へたね。』

領事館《りやうじくわん》へ萩原《はぎはら》たちが、三臺《だい》の自動《じどう》車《しや》に乗《の》つて着《つ》くと、海防《ハイホン》に居住《きよぢう》する雜貨屋《ざつくわや》、寫眞屋《しやしんや》、理髮屋《りはつや》といふ、見《み》るかげもなく細々《ほそぼそ》と、支那人《しなじん》やフランス人《じん》から政治的《せいぢてき》にも、經濟的《けいざいてき》にも壓迫《あつぱく》された在留日本人《ざいりうにつぽんじん》たち五六十人《にん》が、今日《けふ》ばかりは晴《は》れやかに、モーニング姿《すがた》や羽織袴《はおりはかま》で、館内《くわんない》の廊下《らうか》へ溢《あふ》れてゐた。

　それへまじつて、美《うつく》しく着飾《きかざ》つた放浪《はうらう》の女《をんな》が七八十人《にん》、館《くわん》の玄關《げんくわん》の椰子《やし》の木蔭《こかげ》や、廊下《らうか》につゝましく立《た》つてゐる。洋裝《やうさう》した女《をんな》は一人《ひとり》もなかつた。全部《ぜんぶ》、裾模樣《すそもやう》である。わざ〳〵日本《につぽん》へ註文《ちうもん》して作《つく》つた着物《きもの》で、この日《ひ》のためのものだつた。その女《をんな》たちは互《たがひ》に顔《かほ》を見知《みし》つてゐる。靜《しづ》かに近《ちか》づいては、そつと手《て》をとり合《あ》うて去年《きよねん》のこの日《ひ》に逢《あ》うて、東西《とうざい》に放浪《はうらう》の旅《たび》に上《のぼ》り、また、逢《あ》ふ日《ひ》を約束《やくそく》しないでも、天長節《てんちやうせつ》に逢《あ》へることをたのしみにしてゐた彼女《かのぢよ》たちは、低《ひく》い聲《こゑ》で、

『どこい行《い》つてたの？』

『妾《わたし》はビルマのはうへ出《で》かけたけれど。』

『妾《わたし》やニンピンの山《やま》ン中《なか》へ初《はじ》めて行《い》つて見《み》た。蠻人《ばんじん》ばかりでねえ。』

　と、別《わか》れてからのことを、ぼそぼそとさゝやき合《あ》うてゐるかと思《おも》ふと、中《なか》には領事館《りやうじくわん》の玄關《げんくわん》の菊花御紋章《きくくわごもんしやう》の金色《きんいろ》が太陽《たいやう》にきらゝかに輝《かゞや》くのを、禱《いの》る姿《すがた》で拜《をが》んで見仰《みあふ》いだきりの女《をんな》もあつた。すこしでもうごくと、涙《なみだ》がこぼれさうな氣《き》につゝまれ、萩《はぎ》原《はら》も壁《かべ》へよりかゝつたきりだつた。

　式《しき》が初《はじ》められると、遙拜室《えうはいしつ》に立《た》つ萩原《はぎはら》の膝頭《ひざがしら》はふるへた。かつきりと五年《ねん》も六年《ねん》も見《み》ないで、心《こゝろ》にあこがれた祖國《そこく》を、今《いま》、目《ま》のあたりに見《み》るといふ、美《うつく》しい、淸《きよ》らかな幻影《げんえい》につつまれて——

　廊下《らうか》に女《をんな》たちは立《た》つてゐた。一人《ひとり》も室内《しつない》に這入《はひ》つて來《こ》なかつた。それは毎年《まいねん》の例《れい》であつた。領事館員《りやうじくわんゐん》は室内《しつない》へ這入《はひ》つて、遙拜《えうはい》しろといふのだけれど、女《をんな》たちは決《けつ》して這入《はひ》らなかつた。

　自分《じぶん》たちの體《からだ》は、あらゆる異邦《いはう》の男《をとこ》に汚《けが》された體《からだ》である。さうした醜肉《しうにく》を、尊《たふと》いお寫眞《しやしん》へ一寸《ちよつと》でも近《ちか》づけることは、あまりにも恐《おそ》れ多《おほ》いといふて、そつと、室《へや》の入口《いりぐち》から遙拜《えうはい》すると、すゝり泣《な》いてハンカチで顔《かほ》を押《おさ》へてひきさがるのだ。

『何《な》んで遠慮《ゑんりよ》するンだ。體《からだ》はどうならうとお前《まへ》たちの清淨《せいじやう》な、日本人《につぽんじん》としての心《こゝろ》は、日本《につぽん》に居《ゐ》て、表向《おもてむ》きだけつくろふ高位高官《かうゐかうくわん》の奴《やつ》や、その嬶《かゝあ》連中《れんぢう》の持《も》たない尊《たふと》さがあるぞ。明日《あした》

は這《は》入《ひ》つて拜《をが》め。』

　前《まへ》の晩《ばん》、酒《さけ》を飲《の》みながら、萩原《はぎはら》は女《をんな》たちへ云《い》うて聞《き》かせたが、やつぱり這《は》入《ひ》つて來《こ》なかつたので、そつとうしろ向《む》きになつてお鳥《とり》を招《まね》いた。お鳥《とり》は泣《な》きながら首《くび》を振《ふ》つた。やつぱり這《は》入《ひ》つて來《こ》ようとはしなかつた。萩原《はぎはら》は廊下《らうか》に立《た》つた女《をんな》たちを、雙手《もろて》でしつかりとかゝへ、室内《しつない》へ無《む》理《り》につれこみたいいら立《だ》たしさにつつまれた。しかし、さうすることもできなかつた。

『利《き》いた風《ふう》な忠君愛國《ちうくんあいこく》を、口《くち》にして實行《じつかう》しない、日本《につぽん》に居《ゐ》る奴共《やつども》にこれを、この女《をんな》たちを一と目《め》拜《をが》ませてやりたい。』

　かうも、萩原《はぎはら》は思《おも》ひもした。

　君《きみ》が代《よ》を歌《うた》ふとき、最初《さいしよ》は誰《だれ》も唇《くちびる》がふるへて歌《うた》へなかつた。それが中頃《なかごろ》になると涙《なみだ》のまじつた大《おほ》きな聲《こゑ》になつて、一生懸命《しやうけんめい》に歌《うた》うた。數《すう》千哩《マイル》離《はな》れたその涙《なみだ》の君《きみ》が代《よ》は、海《うみ》を越《こ》えて、もう、日本《につぽん》へひゞき渡《わた》つてゐるかも知《し》れないが、もう一度《ど》、放浪者《はうらうしや》たちの祖國《そこく》を戀《こひ》して泣《な》きながら、歌《うた》ふ君《きみ》が代《よ》を日本《につぽん》へひゞかせたい――と、萩原《はぎはら》はうなだれてゐると、誰《だれ》か肩《かた》をポンと叩《たゝ》いて、

『萩原《はぎはら》さん、もう、式《しき》はすみましたよ。何《なに》をさう考《かんが》へてゐなさる？』

　と、聲《こゑ》をかけた。見《み》ると三角髯《かくひげ》を生《はや》したモーニング姿《すがた》の理髪屋《りはつや》だつた。

『さア、これから、あんたの泊《とま》つてるホテルの大食堂《だいしよくだう》で、大祝宴《だいしゆくえん》ぢや、歸《かへ》りませう。』

『つい、日本《につぽん》のことを考《かんが》へて、うつかりしてゐましたよ。』

　萩原《はぎはら》はあわてゝ、ハンカチで瞼《まぶた》を押《おさ》へてこすつた。理髪屋《りはつや》の眼《め》も赤《あか》くなつてゐた。萩原《はぎはら》が玄關《げんくわん》のところへ出《で》ると、そこへ、お才《さい》とお鳥《とり》が立《た》つてゐた。

『馬鹿《ばか》ね。生《うま》れかはつて來《こ》なきや、遙拜堂《えうはいしつ》なンか這《は》入《ひ》れますか。』

『ホテルへ歸《かへ》つて、何《なに》も考《かんが》へないで、うんと騷《さわ》ぎまッせう。』

　二人《ふたり》は萩原《はぎはら》を中《なか》にはさんで、領事《りやうじ》館《くわん》の門《もん》を出《で》た。そこの並木《なみき》の下《した》には安南人《あんなんじん》が二三十人《にん》、物珍《ものめづら》し氣《げ》に、ぼんやりと立《た》つたり坐《すわ》つたりしてゐた。

『この連中《れんぢう》は國《くに》を失《うしな》うて、國旗《こくき》も持《も》たないではないか。』と、萩原《はぎはら》は口《くち》の中《なか》でつぶやいた。

　さうすると、たとひ、放浪《はうらう》してゐるとは云《い》へ、日章旗《につしやうき》にかばはれる自《じ》分《ぶん》や、女《をんな》たちは數倍《すうばい》の幸福《かうふく》な民族《みんぞく》だといふ、大《おほ》きな自負《じふ》に雙肩《さうけん》を張《は》つて大地《だいち》をしつかりと踏《ふ》み、待《ま》たせた自《じ》動車《どうしや》へ乘《の》つた。

　多《おほ》くの日本人《につぽんじん》の男女《だんぢよ》は、歩《ある》いたり、自動車《じどうしや》に乘《の》つて、大聲《おほごゑ》に何《なに》か話《はな》しながら、やはりホテルに向《む》うた。ホテルの大食堂《だいしよくだう》で、終日《しうじつ》、飲《の》んだり食《く》うたりして、何《なに》も彼《か》も忘《わす》れて暮《くら》さうといふのである。

　ホテルの食堂《しよくだう》は階下《かいか》にあつた。廣《ひろ》さは五間《けん》に七間位《けんぐらゐ》だつた。天井《てんじやう》から四方《はう》の壁《かべ》へ、小《ち》さな日章旗《につしやうき》を糸《いと》で吊《つ》つて張《は》りめぐらし、入口《いりぐち》から正面《しやうめん》の壁《かべ》には大日章旗《だいにつしやうき》を貼《は》つてあつた。そして白布《はくふ》に蔽《おほ》はれた食卓《しよくたく》の上《うへ》へは一から十まで、日本料理《につぽんれうり》が出《だ》されてある。

　毎年《まいねん》、英領香港《えいりやうホンコン》から小豆《あづき》と糯《もちごめ》をとりよせ、それで赤飯《せきはん》が炊《た》かれる。乾燥《かんさう》した油揚《あぶらあげ》、高野豆腐《かうやどうふ》、氷《こほり》こんにやく、昆布《こんぶ》、乾《ほ》した小鯛《こだひ》――さういうたものも、わざ〱とりよせられてある。いくら、この日《ひ》の費用《ひよう》がかからうと、在留民《ざいりうみん》たちは氣《き》にかけなかつた。

　この日《ひ》のためになら、一年《ねん》の利益《りえき》を全部《ぜんぶ》叩《たゝ》き込《こ》んでも文句《もんく》は云《い》はないで、我《わ》れ勝《が》ちに金《かね》を支出《ししゆつ》した。日本《につぽん》酒《しゆ》を瓶《びん》のまゝ、冷《ひ》やで盃《さかづき》に受《う》けて、それを手《て》に持《も》つと、誰《だれ》ともなしに起《き》立《りつ》して、

『日本帝國萬歲《につぽんていこくばんざい》、萬々歲《ばん〱ざい》。』

　と絶叫《ぜつけう》してから、もう、男《をとこ》も女《をんな》も入《い》り亂《みだ》れて、酒戰《しゆせん》は開《ひら》かれた。萩原《はぎはら》は赤飯《せきはん》へいきなりかぶりついてゐると、やはらかな手《て》がその頰《ほゝ》へぴしやりと來《き》た。

『誰《だれ》だ、いたいッ……』

　顏《かほ》を上《あ》げて見《み》ると、海防《ハイホン》から三時《じ》間汽車《かんきしや》でかゝる河内《ハイノ》といふ土地《とち》で、伯母《をば》とカフエーを開《ひら》いてゐる清美《きよみ》といふ、きれいなことでは日本人間《につぽんじんかん》にも、フランス人間《じんかん》にも評判《ひやうばん》の二十になつた女《をんな》だつた。誰《だれ》が結《ゆ》うてやつたのか、島田《しまだ》に、紅《あか》い花《はな》かんざしをさしてゐた。清美《きよみ》のふつくりした頰《ほゝ》が

手《て》のつぎに萩原《はぎはら》の頬《ほゝ》へ押《お》しつけられて、

『赤飯《せきはん》なンか、まだ、早《はや》い、あんた。今日《けふ》、うれしくない？ うれしかつたら妾《わたし》の 盃《さかづき》を受《う》けて』

『朝飯《あさめし》を食《く》うてゐないンで。』

『思《おも》ひざしよ、受《う》けて、受《う》けてくれなきやいやよ。』

『よし。』

萩原《はぎはら》は清美《きよみ》の頬《ほゝ》を左手《ひだりて》でつゝいて、その盃《さかづき》を受《う》けた。十歳《とを》のとき伯母《をば》につれられ、この國《くに》に渡《わた》つて來《き》た美《うつく》しい清美《きよみ》は一番《ばん》、日本《につぽん》のことを知《し》らなかつた。

清美《きよみ》はもう大分《だいぶ》醉《よ》うてゐた。萩原《にぎはら》の肩《かた》へ手《て》をかけて三杯《ばい》目《め》の酒《さけ》を酌《さ》しながら美《うつく》しく笑《わら》つて、

『妾《わたし》、もう、カフエーでフランス人《じん》の玩具《おもちや》になるのはいやになつちやつた。あんたと雲南《うんなん》に行《ゆ》かうか知《し》ら、つれて行《い》つてくれない。』

『行《い》つてどうするンだ。』

『あんたの女房《にようばう》になつてやるわ。もう、處女《しよぢよ》ぢやない、支那《しな》人《じん》やフランス人《じん》の旦那《だんな》を五六人《にん》、とつかへてるけれど――』

『何《なに》をうぢや／＼話《はな》しとりなさる。妬《や》けるぢやないか。』

そこへお鳥《とり》が割《わ》りこんで來《き》た。

そのとき、破《やぶ》れた三味線《みせん》を抱《かゝ》へ、椅子《いす》へかけて、西貢《サイゴン》から二月《つき》前《まへ》にやつて來《き》たといふ女《をんな》が、何《なに》か歌《うた》をうたひ始《はじ》めたが、長《なが》いことカンボチヤ王《わう》國《こく》の田舍《ゐなか》のカンボチヤ土人《どじん》の細君《さいくん》になつてゐたので、歌《うた》ふその日本《につぽん》の歌《か》詞《し》が、忘《わす》れた日本語《につぽんご》を、たどり／＼するのでをかしさはあつたが、誰《だれ》も笑《わら》ふものはなかつた。やがてはかういふ風《ふう》に、日本語《につぽんご》を忘《わす》れる生活《せいくわつ》に陷《おちい》つてゆく運命《うんめい》を知《し》る、多《おほ》くの女《をんな》たちは、その三味線《みせん》をひく女《をんな》と一緒《しよ》になつて歌《うた》ひ出《だ》した。

『かうして、萩原《はぎはら》さんによつかゝつてると、何《な》ンだか、日本《につぽん》の匂《にほ》ひがする。なんちゆうても、日本人《につぽんじん》は日本《につぽん》人《じん》がいゝ、どう毛唐《けたう》が金《かね》をくれても、心《こゝろ》からほれる氣《き》にやなれまつせんたい。』

お鳥《とり》はやけに、萩原《はぎはら》の肩《かた》へしがみついて體《からだ》をゆすつた。

『そりや、本當《ほんたう》だわ。』

清美《きよみ》は自分《じぶん》で酒《さけ》を注《つ》いで飲《の》んだ。

食堂《しよくだう》には男《をとこ》よりも女《をんな》のはうが多《おほ》かつた。一人《ひとり》の男《をとこ》へ二人《ふたり》も三人《にん》も、女《をんな》たちがしなだれかゝつて、歌《うた》を歌《うた》うてゐた。

『雲南《うんなん》の――えゝ、齒醫者先生《はいしやせんせい》、その清美《きよみ》をこつちいすこし廻《まは》してくんなさらんか。』

五十を越《こ》して、たつた一人《ひとり》で寫眞《しやしん》屋《や》を開《ひら》いてゐる、尖《とが》つた頭《あたま》がテカテカ禿《は》げた男《をとこ》が、女《をんな》の中《なか》を泳《およ》ぐやうにして立《た》つて聲《こゑ》をかけると、三角《かく》髯《ひげ》の理《り》髪《はつ》屋《や》が、モーニングの上《うへ》を脱《ぬ》ぎ、向《むか》ふ鉢《はち》まきになつて、

『さうだ。』

と振《ふ》り向《む》く。

『若《わか》い人《ひと》のはうが、若《わか》い女《をんな》にやよかたい、あんたたちや、だまつて婆共《ばゝども》の相手《あひて》ばしなさろ。』

ホテルのお女將《かみ》は、大《おほ》きな腹《はら》を雙《もろ》手《て》でかゝへるやうにして笑《わら》ふと、

『それもさうだ。』

と、寫眞屋《しやしんや》は椅子《いす》へ、がくりとかけて、

『お酌《しやく》。――喃《な》う、お女將《かみ》、お前《まへ》と知《し》つたのは、たしか二十五年前《ねんまへ》、シンガボールだつたなア。俺《おれ》も日本《につぽん》を出《で》て三十年《ねん》、一ぺんも歸《かへ》らねえ。』

と、眼《め》をとぢた。

『あの頃《ころ》は、あんたも若《わか》うて、よか男《をとこ》だつたが、七年前《ねんまへ》、ひよつこりと、妾《わたし》のうちへ泊《とま》つて名乘《なの》り合《あ》うたときや、びつくりしたなア。お互《たがひ》に婆《ばゝ》と爺《ぢゝ》になつたもんぢや。』

寫眞屋《しやしんや》へ酌《しやく》をしてやりながら、お女將《かみ》もさういうた。

『そぎやんこつゝ、今日《けふ》は忘《わす》れる筈《はず》ぢやなかい。何《なに》を云《い》ふとる、お女將《かみ》、さア、歌《うた》うた、踊《をど》つた。飮《の》んでぢつとしてると、日本《につぽん》のことを思《おも》ひ出《だ》して、かなしくなつて來《く》る。』

お才《さい》がお女將《かみ》の背中《せなか》をどやしつけた。

『よか〳〵。』

『さア、踊《をど》るぞ。』

二三人《にん》の男《をとこ》は、よろ〳〵と椅子《いす》を押《お》しのけて立《た》ち上《あが》つた。そして、どこで、どうして覺《おぼ》えたのか、ぎごちない手《て》つきで、深川踊《ふかがはをど》りを踊《をど》り出《だ》した。

猪牙《ちよき》で・・・・

さつさ・・・・

と、あたりの男女《だんぢよ》はテーブルを掌《て》で叩《たゝ》いて歌《うた》うた。いつしか、日《ひ》が暮《く》れて電燈《でんとう》が輝《かゞや》いてゐる。

『さア、踊《をど》らんか。』

醉《よ》うた女《をんな》が、萩原《はぎはら》をいきなりひき立《た》てた。そのとき、誰《だれ》かゞ日章旗《につしやうき》をふわりと、萩原《はぎはら》の頭上《づじやう》へ投《な》げかけた。

立《た》ちかけたところを、急《きふ》に見《み》えなくなつた萩原《はぎはら》は、椅子《いす》へけつまづいて、よろ〳〵と横《よこ》に倒《たふ》れかけたところへ、

『危《あぶ》ない。』

やはらかな手《て》が、萩原《はぎはら》の胴《どう》をぐつと抱《だ》いてくれなかつたら、萩原《はぎはら》は倒《たふ》れるところであつた。

『踊《をど》りませう、萩原《はぎはら》さん。』

その手《て》の主《ぬし》はさゝやいて、いきなり國旗《こくき》の中《なか》へもぐつて來《き》た。島田髷《しまだまげ》に振袖《ふりそで》の清美《きよみ》だつた。

『二人共《ふたりとも》、こんなかから出《で》るンぢやなかぞ。いゝかな、いゝかな――一生出《しやうで》ずに踊《をど》りなさるがいゝ。』

その國旗《こくき》の上《うへ》から、お鳥《とり》が二人《ふたり》の體《からだ》をぐつと抱《だ》きしめると、何《なに》かにつまづいてよろめいたので、萩原《はぎはら》たち三人《にん》は、どたりと床《ゆか》に倒《たふ》れた。

『お鳥《とり》さん。』

『清美《きよみ》さん。』

『萩原《はぎはら》さん。』

三人《にん》が三人共《にんとも》、起《お》きようとせずに倒《たふ》れたまゝ、國旗《こくき》へくるまつて、互《たがひ》に手《て》と手《て》としつかり握《にぎ》り合《あ》ふと、その名《な》を呼《よ》び交《かは》して、聲《こゑ》も立《た》てずにすすり泣《な》いた。

『泣《な》く奴《やつ》ア泣《な》くがよか、泣《な》いたちやその聲《こゑ》は日本《につぽん》へ聞《きこ》えりやしねえぞ、馬鹿《ばか》、阿房《あはう》、女々《めゝ》しいぞ、芽出度《めでた》い日《ひ》に泣《な》くちゆうこつがあるもンか、こら、お鳥《とり》さん、はなしてあんたから起《お》きなさろ。』

近《ちか》くに居《ゐ》た女《をんな》がさういうて、お鳥《とり》の肩《かた》へ手《て》をかけた。けれど、お鳥《とり》は萩原《はぎはら》と清美《きよみ》を國旗《こくき》にくるめたまゝはなさなかつた。ひき起《おこ》さうとした女《をんな》も、すぐにうなだれたまゝ、もう、二度《ど》と聲《こゑ》をかけなかつた。

『このまゝ、かう、日《ひ》の丸《まる》の旗《はた》を抱《だ》いて死《し》んでしまつたら、妾《わたし》や、何《なに》も思《おも》ひ残《のこ》すところがないやうな氣《き》がする――ほつといてくンなさい。――萩原《はぎはら》さん、清美《きよみ》さん、な、さうぢやろ、見《み》つともなく、うろ〳〵と犬《いぬ》のやうに放浪《はうらう》して、日本人《につぽんじん》の面《つら》を汚《よご》して生《い》きてゐたかなかろ――さうはいふもンの、死《し》ぬ前《まへ》、日本《につぽん》の山《やま》を一寸《ちよつと》でも見《み》たか。日本《につぽん》を見《み》るまでは誰《だれ》が死《し》ぬもんか、なア、萩原《はぎはら》さん、清美《きよみ》さん、さうぢやろ。』

お鳥《とり》は上《うへ》からぐん〳〵と、また、二人《ふたり》を強《つよ》く抱《だ》きしめて、大《おほ》きな聲《こゑ》を立《た》てゝ泣《な》き出《だ》した。――三味《み》の音《おと》はパツタリとやんで、多《おほ》くの人《ひと》はしいんとなつて、うなだれたきりだつた。

詰将棋新題《つめしやうぎしんだい》

出題者　八段　木村　義雄

	五	四	三	二	一
一			と		角
二		銀	銀		
三				歩	
四		歩		王	歩
五			金		飛
六		角		銀	
七			桂	香	銀
八					
九					

持駒　ナシ

◇前題解説《ぜんだいかいせつ》　前題《ぜんだい》は飛《ひ》角《かく》三枚《まい》の遺繰《やりく》りで、見事《みごと》な詰上《つめあが》りとなるが、途中《とちう》に手順《てじゆん》の面白《おもしろ》さと、捌《さば》きの輕妙《けいめう》さがある。作物《さくぶつ》として勿論《もちろん》、實戰手筋《じつせんてすぢ》としても、いくらか御參考《ごさんかう》になると信《しん》じた。

圖面《づめん》を見《み》ての第一着想《だいいちちやくさう》は、比較的縁遠《ひかくてきえんどほ》い五三角《かく》の運用《うんよう》を心掛《こゝろが》けるが肝要《かんえう》で、それには三三と。同金《どうきん》と取《と》らせれば、角《かく》が前後《ぜんご》に利《き》いて來《く》る。殊《こと》に三一に利《き》くのは效果絶大《かうくわぜつだい》。しかし飛《ひ》が邪魔《じやま》でもある。この捌《さば》きが第二《だい》の難所《なんしよ》だが、王手《わうて》は一二馬《うま》よりない。

同玉《どうぎよく》、この時《とき》二一飛成《ひなり》が巧妙《かうめう》で、後《あと》は誰《だれ》にも明《あきら》かな手順《てじゆん》の詰《つみ》。要《えう》は五三角《かく》の運用《うんよう》に着眼《ちやくがん》し、この活用《くわつよう》を工夫《くふう》すれば、存《ぞん》外容易《ぐわいようい》だ。

即《すなは》ち、三三と、同金《どうきん》、一二馬《うま》、同玉《どうぎよく》、二一飛成《ひなり》、同玉《どうぎよく》、三一角成《かくなり》、一二玉《ぎよく》、一三銀《ぎん》、二三玉《ぎよく》、二二馬《うま》の十一手詰《てづめ》が正解《せいかい》。

笑話

西瓜《すゐくわ》の値《ね》

客『この西瓜《すゐくわ》いくらだい』

店員『三圓《ゑん》です』

客『初物《はつもの》ぢやあるまいし、そんなべらぼうな値《ね》があるかい』

店員『へい、その初物時代《はつものじだい》に仕入《しい》れた品《しな》ですから他《た》の店《みせ》のものとは値打《ねうち》が違《ちが》ひます』

（高知　橋田千代子）

安藤　盛年表

西暦	和暦	年齢	事項	（著作）
1893	明治26	0	8月18日、大分県白丹（しらに）村（現・竹田市久住町）に父常太郎、母クラの二男として誕生。	
1908	明治41	15	久住小学校卒業、大分県立農学校入学。	
1912	明治45	19	大分県立農学校水産科中退。樺太に渡る。	
1913	大正2	20	このころ台湾へ。	
1915	大正4	22	このころ、台湾新聞社に入社か。	
1917	大正6	24	兄茂朝鮮へ。新竹で兄と会う。	
1918	大正7	25	11月、兄茂（15日）、弟登（21日）、朝鮮で流行性感冒で死去。葬儀参列のため、大分に8年ぶりに帰郷する。 このころ、海賊調査に南支那へ。	
1919	大正8	26	1月10日「亡き兄と弟へ」執筆。	
1921	大正10	28	1月19日、湯浅よねと結婚。 10月13日〜仏領インドシナ旅行。	
1922	大正11	29	台湾新聞社退社。台湾から帰国。	2月『南支那と印度支那（みたまの記）』（台湾新聞社）
1923	大正12	30		4月「黎明期の台湾 1」（東洋 26—4） 5月「黎明期の台湾 2」（東洋 26—5） 6月「黎明期の台湾 3」（東洋 26—6） 8月「黎明期の台湾 4」（東洋 26—8）

1924	大正13	31		9月「黎明期の台湾5」（東洋　26—9） 12月「黎明期の台湾 6」（東洋　26—12） 1月「黎明期の台湾 7」（東洋　27—1） 2月「支那の傳説と迷信」（東洋　27—2） 6月「支那の傳説と迷信」（東洋　27—6） 8月「黒令旗」（植民　3—8） 11月「晋陽宮」（東洋　27—11）
1925	大正14	32	11月26日、父常太郎死去。家督を相続。	7月「維新秘史　四年の始末」（東洋　28—7） 9月「國境で別れた女　上」（植民　4—9）（安藤静花） 10月「國境で別れた女　下」（植民　4—10）（安藤静花）
1926	大正15 昭和元	33	1月1日、拓殖通信社から『台湾・南支・南洋パンフレット』創刊。社長宮川次郎、主幹安藤盛。 3月1日、拓殖通信社から宮川次郎『新しい台湾の人々』刊行。発行人安藤盛。『女性』2月号に、久米正雄「安南の暁鐘」が掲載される。	12月「戯曲　迷へる民族」（東洋　29—12） 12月「あの人たち」（大衆文芸　1—12）（安藤静花）
1927	昭和2	34	1月21日、『東京朝日新聞』が『安南の	

西暦	和暦	年齢	事項	作品
1928	昭和3	35	晩鐘』を盗作事件として取り上げる。 「新潮合評会　第44回」3月号 5月、平山蘆江「安南の晩鐘に就て」（文芸時報）37号 水上瀧太郎「貝殻追放」『三田文学』10月号	5月「抗議」37号（文芸時報） 6月「シャムの月」（東洋　30—6） 8月「彼らの存在」（東洋　30—8） 11月「茘枝の香味」（東洋　30—11） 1月「ツウラヌの晩鐘」（東洋　31—1） 1月「波上の王者（南支那の海賊譚）」（騒人　3—1） 2月「思ひ出の海賊」（騒人　3—2） 4月「安南革命」（騒人　3—4） 5月「安南革命（2）」（騒人　3—5） 5月「渚をたたく声」（東洋　31—5） 6月「安南革命（3）」（騒人　3—6） 7月「安南革命（4）」（騒人　3—7） 8月「安南革命（5）」（騒人　3—8） 9月「安南革命（6）」（騒人　3—9） 10月「安南革命（7）」（騒人　3—10） 11月「安南革命（8）」（騒人　3—11） 11月「高原は暮れる」（東洋　31—10）
1929	昭和4	36	4月、本籍を東京市麻布区笄町に移す。	1月「孔雀」（東洋　32—1） 4月「囚われた支那の女」（東洋　32—4）

				3月「中将湯」（騷人　4—3） 6月「後藤新平子の逸話」（騷人　4—6） 6月「砲声ゆれる夜」（東洋　32—6） 7月「小説祖国を招く人々」（騷人　14—7） 8月「祖国を招く人々」（騷人　4—8） 9月「哀夜」（騷人　4—9） 10月「哀夜（2）」（騷人　4—10） 11月「哀夜（3）」（騷人　4—11） 11月「苦苓の花は悲しむ」（東洋　32—11）
1930	昭和5	37		4月「今一度汝の皇帝を見よ」（少年倶楽部）4月号 「海洋島奇譚　島を拾ふ話」（週刊朝日　17—26」 「蕃人の奏でる音楽」（週刊朝日　18—10） 「支那艶笑記」（週刊朝日　18—25）
1931	昭和6	38	12月、台湾経由で福建省アモイへ。	3月「一九三一年・新商賣往來　鯨・鯨・鯨」（中央公論　3月号） 6月「蛮婦エロティシズム」（中央公論 6月号） 6月「海賊の家に泊まった話」（東洋34—6） 6月「名馬朝月」（少年倶楽部　6月号）
1932	昭和7	39		1月23日～4月24日「海賊王の懐に入る」『読売新聞』（全75回） 1月「フヱホの旅」（東洋　35—1） 1月「海外に放浪する天草女（シャムのおかつ）」

			10月6日、「安藤君の『祖国を招く人々』の出版記念会」　読売新聞。 11月、麻布桜田町に転居。 12月1日、横浜発。３００円持ってカロリン諸島へ、18日サイパン、23日ヤップ島、25日コロール島、翌年2月に帰国。 （第1回南洋旅行）	（女人藝術　5—1） 2月「国境のない日本女　海外に放浪する天草女（2）」（女人藝術　5—2） 3月「遠賀川の一騎討」（少年倶楽部）3月号 4月「東へ　海外に放浪する天草女」（女人藝術　5—4） 5月18日『海賊王の懐に入る』（先進社） 8月「紅河の夕」（家庭　2—8） 8月25日「飢えたる武士道」製作＝日活（太秦撮影所） 9月8日『祖国を招く人々』（先進社） 9月「情けの一騎討」（少年倶楽部）9月号 11月3日「足を撃たれた話」（福岡日日新聞） 「霧の国境」（週刊朝日　22—3）
1933	昭和8	40	3月23日、よねと協議離婚。 4月1日、サイパン、テニアン、7日パラオ（コロール島、パベダルオブ島）、 4月9日、コロール島発、アンガール島、カメレオン島、トラック諸島（水曜島）、	1月27日～3月8日「怪奇と夢幻の南洋」『読売新聞』（全30回） 3月4日「目覚しく勃興する南洋と満洲の産業　南洋群島の新産業」　東京朝日新聞 3月「六畳の書斎」（書斎）第2巻第3号　通巻第20号 5月15日『南十字星に禱る』（伊藤書房） 6月「白人暴虐の現実を語る」（政界春秋）19—6

1934	昭和9	41	5月中旬ポナペ、南洋諸島（マーシャル群島）。（第2回南洋旅行） 7月満州へ。 11月4日、『南洋と裸人群』が風俗壊乱の理由でＰ151、225—229削除処分。 1月21日、母クラ死去。	7 or 8月レコード「カナカの娘」（勝太郎）「常夏の島（海の生命線）」発売（宮崎光男と共作、ビクター・レコード） 7月17日「大分の思ひ出」（豊州新報） 8月楽譜「カナカの娘」（中山晋平作曲）（新興音楽社） 9月「孤島に眠る戀」（人物評論　1—9） 9月3日「香港の女」（日曜報知　171号） 10月19日「久住山の歌を読みて（1）」（豊州新報） 10月24日「久住山の歌を読みて（2）」（豊州新報） 10月25日「久住山の歌を読みて（3）」（豊州新報） 11月2日『南洋と裸人群』（岡倉書房） 11月「人を喰ふ貝」『珍談奇談集』（大日本雄弁会講談社（キング文庫）） 11月「カナカの娘」、「ポナペの朝」（植民　12—11） 「カナカの民俗　土人のペット」（週刊朝日　24—2） 「パラオヤップ島綺談　海の南の恋の島　上」（週刊朝日23—12） 「パラオヤップ島綺談 海の南の恋の島 下」（週刊朝日23—13） 「虎のスープを呑む」（週刊朝日24—2） 1月「孝子の雑炊」（少年倶楽部　1月号）

1935	昭和10	42	3月、夏の國、冬の國社設立。 10月27日、『或る討伐隊員の手記』が安寧秩序妨害（台湾生蕃討伐隊員の放埓不穏の行動を描写）の理由で発禁処分。 11月9日サイパン島、11日テニアン島、12日ロタ島、サイパン島、15日セレベスに出発、12月ダバオ。帰国。 （第3回南洋旅行）	2月「新嘉坡」（人物評論　2月号） 3月「安南異聞　松本寺建立（大法輪　3月号） 3月「誉れの忠僕」（少年倶楽部　3月号） 6月「泣く裸小僧」（少年倶楽部　6月号） 「ジョグジャカルタの歌」（週刊朝日　26—8） 4月「夏の國冬の國」創刊 5月「旅の感覚」（旅　5月号） 7月21日「祖国祭」（日曜報知　224号） 8月「百萬圓の豚肉」（雄弁　8月号） 10月20日『或る討伐隊員の手記』（言海書房） 12月「捧げた命」（少年倶楽部　12月号）
1936	昭和11	43	1月27日、倉橋ひさと結婚。 1月パラオ、2月12日ニューギニアへ、トコベ島、17日ニューギニア（マヌクワリ）。 3月ニューギニア、パラオ、3月15日セレベス（メナド）、ダバオ。帰国。 （第4回南洋旅行）	6月18日『セレベス島女風景　南國の女を探訪する』（第百書房） 7月「食人蛮の御馳走」（少年倶楽部　7月号） 8月18日『南洋記』（昭森社） 9月～12年3月「怪城崩れる時」（日本少年　9月号～昭和12年3月号） 10月23日『海賊の南支那』（昭森社） 11月「沖縄点描」（旅　11月号）

			足かけ二十年ぶりに帰郷する。	11月「南進日本」（目（AUGEN　1号） 「赤道直下—恋の島巡り」（週刊朝日　29—27） 「勇敢無比の沖縄漁夫」（アサヒグラフ　27—10）
1937	昭和12	44	4月、第5回目の南洋旅行に出かける。 12月18日、体調不良で入院。	1月13日～2月3日「海賊記」（アサヒグラフ）（全3回） 5月「南洋回教風景」（東洋　40—5） 7月20日『未開地』（岡倉書房） 9月8日『支那のはらわた』（岡倉書房） 12月「沖縄にこの父あり」（少年倶楽部　12月号） 「豆腐とハブ」（週刊朝日31—11） 「南海挺身隊挿話　真珠採取・沖縄漁夫・女軍」（週刊朝日　32—2） 10月1日「座談会　世界の猟奇を語る」（週刊朝日　32—15）
1938	昭和13	45	6月21日、東京麻布桜田町56の自宅で死去（肺臓ジストマ）。小石川伝通院に埋葬される。 6月21日、岩崎榮「安藤君蜂難記」聞人　聞人会 7月11日、竹内夏積「瀧山閣から　骨を抱く」　聞人　聞人会	2月「海南島」（中央公論） 10月「バガボ族の子」（日本少年　10月号） 「女挺身隊物語」（週刊朝日　33—27） 「南支奇習めぐり」（週刊朝日　34—2）　遺稿 「島王の夢」（週刊朝日　34—14）　遺稿
1939	昭和14			4月20日『南海の業火』（紫文閣）

1940	昭和15		8月5日、『南洋の島々』が風俗壊乱（南洋土人の性生活に関する記事）で発禁処分。	6月10日『南洋記』（興亜書院） 4月「回教と南洋 日本人よ反省せよ」（東洋 43—4） 遺稿 8月5日『南洋の島々』（岡倉書房）
1943	昭和18		東亜研究所『南方地域邦文資料目録追加第四輯（18年1月～6月）に『南支那と印度支那』が掲載される。	
1953	昭和28		村松梢風『現代作家傳』（新潮社）	
1963	昭和38		西口紫溟『地球が冷えたらどうしよう』（博多余情社）	
1966	昭和41		『久住小学校開港90周年記念誌』に卒業生として掲載される。	「名馬朝月」、「情の一騎討ち」『少年倶楽部名作選 3 短編・少年詩ほか』（講談社）
1969	昭和44		城一郎『発禁本百年　書物に見る人間の自由』に、『或る討伐隊員の手記』が掲載。	
1972	昭和47		萱原宏一『私の大衆文壇史』（青蛙房）	
1973	昭和48		有沢廉三「日本文壇盗作ノート・全記録」『別冊　新評』Spring 号	
1974	昭和49		矢野暢『日本の南洋史観』P169に『南洋と裸人群』、P177に安藤盛の名前。	

1975	昭和50		矢野暢『南進の系譜』P119に安藤盛の名前、P214に『南洋記』（昭森社）	
1980	昭和53			10月『海賊王の懐に入る』（安藤日出男）
1980	昭和55		尾形明子『女人芸術の世界　長谷川時雨とその周辺』（ドメス出版）	
1983	昭和58			9月30日「生ける祖師像」日蓮宗現代宗教研究所編『日蓮宗布教選書　第十六巻　信仰生活篇＊信仰物語』（同朋出版）
1987	昭和62			6月『亡き兄と弟へ　此の一篇を御身等の霊前に捧ぐ』（安藤日出男）
1989	平成元		盛妻ひさ死去。	
1991	平成3		5月、秋吉茂「旅つれづれ　旅と冒険の生涯　安藤盛」『歴史と旅』	
1991	平成3		2月、矢野暢編『講座東南アジア 第十巻 東南アジアと日本』に文献として『南洋と裸人群』『南洋記』（昭森社版）が掲載。	
1996	平成8		2月、片倉穣編『日本アジア関係史研究文献目録』に、『南洋記』（昭森社版）	
1998	平成10		3月、仲程昌徳「（南洋文学の中の沖縄人像5）太平洋は沖縄女性を悲しませる—安藤盛『南洋記』の中の沖縄人たち」	

			日本東洋文化論集（琉球大学法文学部編・琉球大学法文学部）第4号P63〜83 神坂次郎『勝者こそわが主君』の「海魔風雲録」に盛が採りあげられる。 10月、後藤均平「戦前戦中、日本人の越南旅記2　安藤盛『南支那と印度支那』」『彷書月刊』巻号14—11　通巻158	
1999	平成11		7月、『別冊太陽　発禁本　明治・大正・昭和・平成　城市郎コレクション』（平凡社）、P128に『或る征伐隊員の手記』、P139に『南洋の裸人群』の表紙。	11月8日『南海の業火』（安藤日出男）
2000	平成12			11月6日『安藤盛短編集』（安藤日出男）
2000	平成12		小野高裕他『モダニズム出版社の光芒　プラトン社の一九二〇年代』（淡交社）	
2000	平成12		9月、山口洋兒『日本統治下ミクロネシア文献目録』に、『南洋と裸人群』『南洋記』『未開地』『南洋の島々』が採りあげられる。	
2001	平成13		12月、大場昇『からゆきさんおキクの生涯』（明石書店）	
2002	平成14		2月、仲程昌徳は「『南洋情報』とその時	

2003	平成15		代」で安藤盛のフィリピン人観について触れている。日本東洋文化論集No.8 横田順彌「安藤盛を探る（1）海賊と南洋美女に惚れ込んだ謎の作家」『日本及日本人』盛夏号	
2004	平成16		横田順彌「安藤盛を探る（1）海賊と南洋美女に惚れ込んだ謎の作家」『日本及日本人』新春号	（一部未見の作品を含む）

＊図書館などで読むことのできる「からゆきさん」関係の図書。（ ）内は初版後文庫本になったもの。

1 森崎 和江『からゆきさん』一九七六年 朝日新聞社（朝日文庫）
2 山崎 朋子『サンダカン八番娼館』一九七二年 筑摩書房（文春文庫）
山崎 朋子『サンダカンの墓』一九七四年 文藝春秋（文春文庫）
山崎 朋子『あめゆきさんの歌』一九七八年 文藝春秋（文春文庫）
3 白石 顕二『ザンジバルの娘子軍（からゆきさん）』一九八三年 冬樹社（現代教養文庫）
4 工藤美代子『カナダ遊妓楼に降る雪は』一九八三年 晶文社（集英社文庫）
工藤美代子『哀しい目つきの漂流者』一九九一年 集英社（集英社文庫）
5 倉橋 正直『北のからゆきさん』一九八九年 共栄書房
倉橋 正直『からゆきさんの唄』一九九〇年 共栄書房
倉橋 正直『島原のからゆきさん』一九九三年 共栄書房
6 大場 昇『からゆきさん おキクの生涯』二〇〇一年 明石書店
7 唐 権『日中文化交流秘史 海を越えた艶ごと』二〇〇五年 新曜社
8 青木 澄夫『アフリカに渡った日本人』一九九三年 時事通信社

青木　澄夫（あおき　すみお）

中部大学国際関係学部国際関係学科教授。

1950年、長野県松本市に生まれる。1974年、富山大学文理学部文学科国史学専攻卒業。一年間の民間会社勤務を経て 1975年ケニアに渡りスワヒリ語を学ぶ。1976〜1980年在ケニア共和国ナイロビ日本人学校と在タンザニア連合共和国ダルエスサラーム日本語補習校で現地採用助教諭を務める。

1980年帰国、国際協力事業団（現独立行政法人国際協力機構 JICA）に奉職。海外勤務は 1984〜87年インドネシア事務所、1992〜1995年ケニア事務所次長、2000〜2004年タンザニア事務所長。2004年 JICA を退職、中部大学国際関係学部教授に就任。日本アフリカ学会会員、日本ナイルエチオピア学会評議員。

著書に、『日本人のアフリカ「発見」』（山川出版社 2000年）、『アフリカに渡った日本人』（時事通信社 1993年）など。論文·エッセーに、「アフリカめざしたニッポン人」（『国際開発ジャーナル』2008年 4月号から連載中）、「明治期日本におけるサブサハラ·アフリカへの関心」（『アフリカ研究』No.72　2008年 3月）、「名古屋経済人のアフリカへの関心　名古屋商工会議所の活動を中心に」（『アリーナ』No.4　2007年 3月）など。

中部大学ブックシリーズ　Acta12
放浪の作家安藤盛と「からゆきさん」

2009年3月20日　第1刷発行
定　価　（本体1000円＋税）
著　者　青木　澄夫

発　行　中部大学
〒487-8501　愛知県春日井市松本町1200
電　話　0568-51-1111
ＦＡＸ　0568-51-1141

発　売　風媒社
〒460-0013 名古屋市中区上前津 2-9-14 久野ビル
電　話　052-331-0008
ＦＡＸ　052-331-0512

ISBN978-4-8331-4068-3